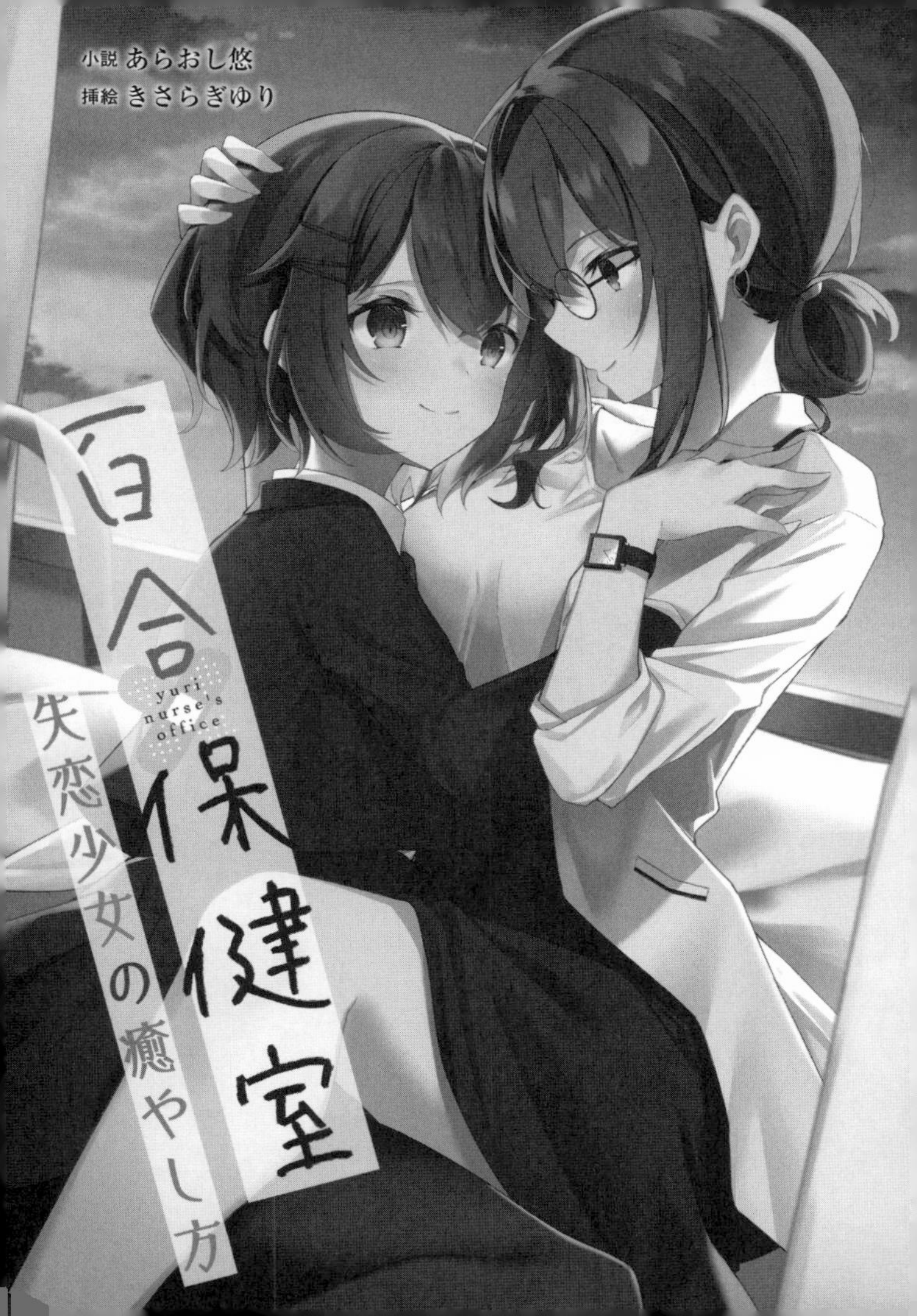
小説 あらおし悠
挿絵 きさらぎゆり
百合保健室
yuri nurse's office
失恋少女の癒やし方

登場人物紹介

白城《しらき》 珠理《じゅり》

女子校の保健医。
普段は優しくて打ち解けやすい先生のようだが、
実は可愛い女の子に目がない。

守本《もりもと》 文乃《ふみの》

小説化志望で、女子校に通うおとなしい少女。
とある出来事から珠里に懐くようになる。
思い込みが強い一面も。

第一章　傷心少女をお手当てしてあげる

「んもうっ。今日は降らないんじゃなかったのぉ？」

白城珠理《しらきじゅり》は、大外れの天気予報に文句を言いながら、自宅マンションへ急いだ。

スーパーまで買い物に出かけた帰り道、春先とは思えない土砂降りに見舞われた。レジ袋では傘にならず、自慢の長い黒髪はぐっしょり。ロングスカートは絡みつくし。おろしたてのパンプスの中まで浸水し始めた。気取って肩出しのニットセーターなんて着たものだから、肌を直接雨水に叩かれる。

何より、眼鏡に当たった水滴で視界を遮られるのが鬱陶しい。

「ふーっ」

やっとの思いでマンションのエントランスに駆け込み、ひと息ついた。とはいえ上から下まで全部ずぶ濡れ。ぽたぽた落ちる水滴が、石の床に水溜まりを作る。さらには、貼りついた服が、二十代前半の身体のラインを露わにしていた。Eカップの豊かな胸や、小振りなお尻の形まではっきりと。せっかく避難したところだけど、いったん玄関から外に出て、ひさしの下でスカートを絞ろうか、なんて思いながら後ろを振り返る。

「……あら？」

自動ドアのガラス越しに、女の子の後ろ姿が見えた。十代半ばだろう。さっきは建物に入る事に夢中で、視界に入らなかったみたいだ。

「雨宿りかな。この豪雨だもんね」

災難に遭ったのは自分だけじゃなかったと思うだけで、妙な安心感と連帯感を覚える。もっとも、それだけなら特に気に留めもしなかっただろう。

でも、気づいてしまった。その少女が、自分と同じようにずぶ濡れである事に。そしてどういうわけか、微動だにしていない事に。

雨宿りなら、当然、天候の回復を気にして空を見上げる。寒ければ、自分の身体をさすったりもするだろう。でも彼女は、俯いたまま、時折小さく肩を震わせるだけ。

少しだけ逡巡《しゅんじゅん》した後、珠理は、自動ドアから外に出た。

「あの……大丈夫？」

少女が顔を上げる。やはり涙を流していた——のだが、珠理は心の中で「あらー♪」と歓声を上げた。

飛び抜けて美少女、というわけじゃない。どちらかといえば地味。童顔だし、やや茶色みがかった癖っ毛は、雨に濡れたせいもあって、ところどころ跳《は》ねている。黒いパーカーに、チェック柄のハイウエストスカートと、お洒落度も若干低い。ただ、不安げに開かれた小さな唇や、頼りなさそうな垂れ目が、珠理の庇護欲を無闇にくすぐる。

それに、行儀がよさそうなところも気に入った。きちんと揃えた脚の前で、小さなバッグを両手に持った立ち姿が美しい。

「…………あっ」

少女が、慌てて目を逸らした。見知らぬ大人に泣き顔を見られて、恥ずかしくなったんだろう。そんな仕種《しぐさ》からも、あまり社交的な性格ではない事を窺わせる。

ただ――そんな女の子は、珠理の大好物だった。

(だめだめ。この子、何か傷ついているっぽいのに)

胸の奥底で蠢き始める邪《よこしま》な下心を、理性で押さえ込む。とはいえ、声をかけてしまった以上は、放置するわけにもいかないだろう。

「こんなところにいたら風邪を引くわ。よかったら、私の部屋で温まっていかない？」

遠慮されたり警戒されたりは想定のうち。心配ではあるけれど、無理強いはできない。だから、無害な優しいお姉さんに見えるよう、可能な限りのスマイルで誘う。


十二階建ての八階に、珠理の部屋がある。ワンルームマンションなので部屋はそれほど広くないうえ、いくつもの未開封の段ボール箱が、少々、部屋を圧迫している。

珠理は、保健の先生。この春に、女子校へと転勤になった。雨に濡れた少女を見過ごせなかったのも、生徒の健康を預かる仕事柄、なのかもしれない。

「ごめんねー。引っ越してきたばかりで、色々整理できてないの」

苦笑いで言い訳をしながら、エアコンのスイッチを入れる。まだ肌寒い日が続いているのに、雨に濡れたせいでガタガタ震えるほど凍えそうだ。

「それにしても、ひどい目に遭ったわね。服、乾かしてあげるわ」

バスタオルを渡しながら、服を脱ぐように促す。少女は困惑気味に眉を下げた。同性とはいえ、初対面の人の前で裸になる事に抵抗を示す。

それでも、他人の部屋でびしょ濡れのままいるわけにもいかないと思ったんだろう。

「………はい」

外の雨音に掻き消されそうな声で頷いた。そして、バスタオルで身体を隠しながら後ろを向く。そんな慎ましさも好ましい。珠理も、気を遣って背を向けた。

静かな室内で、妙な緊張感が漂う。少女の脱衣の音が、背後からやけに大きく響いて、想像を掻き立てずにはいられない。

(それにしても、無口な娘《こ》ね)

部屋に誘った時も、なかなか応えてくれなかった。意外とすんなり同行を承諾したけれど、だからといって珠理を信用したようにも見えない。寒さに耐えられなかったから、というわけでもなさそうだ。

(どっちかっていうと……自棄《やけ》気味？)

何かあったのは間違いない。だけど、多感な年頃の少女の事情を根掘り葉掘り聞き出すのも無粋だし、簡単ではないだろう。

「あの……」

か細い声に振り返る。バスタオルに身体を包んだ少女が、遠慮がちに衣服を差し出していた。肩から覗くブラのストラップは、飾り気のない白。この少女らしいと思いながら受け取って、後は洗濯乾燥機にお任せ。

自分の服は後回し。下着にブラウスだけを羽織り、コーヒーを淹れる。床に座り込んでいた彼女は、お礼のつもりなのか、コクリと小さく頷いた。

しばらく無言の時間が続く。部屋が温まってきた頃、バスルームで軽快な音が鳴った。

「お風呂、沸いたわね。さ、入って入って」

できるだけ明るい声で彼女を追い立てる。少女はのろのろと立ち上がり、またも小さく頭を下げて、浴室に消えた。

この物件はさほど広くないのに、水回りが充実している。バストイレ別。脱衣所がちゃんとあって、浴室も広い。何といっても、脚を伸ばせるバスタブが珠理のお気に入り。

「身体が温まれば、少しは気分も晴れるでしょ」

しかし、コーヒーカップを洗う手が、ふと止まる。

静かすぎる。洗濯機が回る音以外、何の気配もしない。まるで、そこに誰もいないかのように。暗雲のような不安が、にわかに胸に湧き上がる。

「変な気なんか起こしていないでしょうね」

居ても立ってもいられなくなって、そっと、脱衣所の扉を開けた。カゴの中には、純白の可愛い下着。それもついでに洗濯機に放り込み、聞き耳を立てる。

「あ……」

少女が、泣いていた。消え入りそうに微かな声で。涙をしゃくり上げる音が、切なく胸を締めつける。でもそれは、逆に珠理の迷いを払拭させた。何も聞かないのも大人の対応かもしれないけれど、素知らぬ顔で放り出すのも寝覚めが悪い。

眼鏡を洗面台に置く。髪を手早く結い上げて、バスルームの扉を勢いよく開け放つ。

「お邪魔しまーっす」

「え……きゃあっ!?」

全裸の珠理の乱入で、少女が素っ頓狂《すっとんきょう》な悲鳴を上げた。浸かっていたお湯をはね上げながら身体を捻《ひね》り、大慌てで胸を隠す。ちらりと見えた膨らみは、おそらくCカップ。先端の色は確認できなかったけど、きっと綺麗だろうと妄想を働かせる。

「私も冷えちゃって。一緒に入っていい？」

了承を得るけれど、そんなものは形だけ。この娘なら、親切にしてもらった相手を邪険にしないと判断し、シャワーを浴び始める。でも、冷えていたのは本当の事。お湯の温かさが身体の芯まで染み入ってくる。

「はぁ……」

つい、溜息が漏れた。けれど、のんびりしている暇はない。狼狽《ろうばい》した少女が、腰を上げて逃げの態勢になっている。

「す、すいませんっ。わたし、出ま……っ」

「そんな事言わないで、ゆっくりしていきなさい」

身体を流すのもそこそこに、少女の肩を押し戻す。強引に浴槽の中に割り込むと、二人分の体積でお湯が大量に溢《あふ》れ出した。その勢いに、彼女の顔に困惑が浮かぶ。けれど珠理の満面ニコニコ攻撃に押しきられて、硬くした身を沈め直した。

浴槽が大きめとはいえ、あくまで一人用にしてはの話。二人では、どうしても肩や脚が触れ合う。そんな中でも距離を取ろうとする少女の健気さに敬意を表し、珠理は向かい合う位置に移動した。

しかしその気遣いは、かえって彼女を動揺させた。向き合う目が、一瞬、大きく見開かれ、そして激しく左右に泳ぐ。もちろん珠理は、見られた場所を肌で感じていた。お湯に浮かぶ乳房の半球と、その先端が、彼女の視線に反応してピリピリ痺《しび》れる。

(あらら。思った以上に初心《うぶ》ね)

同性の胸なんて、何度も見る機会があったはず。微笑ましく思うより、あまりの純真さに驚かされる。むしろ、もっと凝視してくれていいのにと不満を覚えたほど。

でも、塞ぎ込んだ彼女の気持ちに優先する話でもない。

「……泣いてた？」

あえて正面から切り込む。驚かせ、隙を作って事情を聞き出してやろうという魂胆。狙い通り、少女は小さく肩を跳ね上げ、そして、ぷるぷると唇を震わせ始めた。懸命に息を整えていたけれど、堪えきれずに、大粒の涙がぽろぽろ溢れ出る。

「ひ……ひどい………」

顔を覆い、それきり声を詰まらせてしまった。さすがに直球すぎたかと反省したけど、彼女は、珠理を責めていたのではなかった。

「先輩、ひどい……」

抑えきれない感情が、言葉を零れさせる。やっとそれらしいワードを引き出せて、珠理はひとり納得していた。

(男がらみかぁ。まぁ……単純に失恋しただけなら、自然に傷も癒えるでしょうけど)

予想した中で、一番ありそうだと思っていたもの。というか、勝手にそうだと決めつけていた。だから積極的に彼女の口を割らせようとしていたのだけど、もしかしたら複雑な家庭の事情なんかもありえた事に、今さらながら思い至る。

仮に、珠理の手に負えない悩み事だったとしても、見放すつもりなんてなかった。

仕事柄、というのもある。でもそれ以上に、この少女が放置させてくれなかった。寂し気で、孤独を匂わせる瞳が、珠理の心を惹きつける。

「よかったら、少しお話を聞かせてくれない？　どうせ、お互いに名前も知らない行きずりの相手だし。ほら、旅の恥はかき捨てって言うでしょ？」

「……旅？」

まったくのシチュエーション違いに、さすがに少女も首を傾《かし》げる。しかし、突っ込んだおかげで少し気持ちが軽くなったんだろう。わずかながら、顔から翳《かげ》りが薄れた。

「………変な子だって、思いませんか？」

「大丈夫。私も学生時代、変わったヤツってよく友達に言われてたから」

珠理の変な自慢に、少女が薄く微笑む。でも、緩んだ唇は、すぐに口角を下げてしまった。軽くなりかけた空気が、再びどんより重くなる。単なる失恋でも、本人には大事件。もし初めての恋だったりしたら、この世の終わりのような感覚に陥る事もあるだろう。

「今日………デートの約束、だったんです」

「うん」

珠理は短い相槌で、急《せ》かさず、でも続きを促した。こういった重い話は、途中で止まると再開が難しくなる。一気に最後まで辿り着かせてしまった方がいい。

「でも……待ち合わせの時間になっても来ないから、電話したら……」

無言が続く。結論手前まで来ているのに、ひどく躊躇《ちゅうちょ》している。

(よっぽど酷い事を言われたのかな。口に出すのも憚《はばか》れるような)

だったら無理強いはできない。もう十分だと、話を打ち切ろうと思った時。

「やっぱり…………女同士は、無理って……!」

上擦った声で、少女が叫んだ。相手に投げかけられた言葉を吐き捨てるように。キュッと閉じた目蓋《まぶた》から、再び涙が零れ落ちる。

「そう、女同士は…………ん？」

目をパチクリさせると、少女は苦々しい表情になり、横を向いた。しかし珠理的には聞き捨ててならない。

「先輩って、女の人だったの!?」

少女が、噛み締めた唇に後悔を滲《にじ》ませる。口車に乗って喋るんじゃなかったと、合わせようともしない目で非難してくる。

「……あなたから、告白したの？」

傷を抉《えぐ》るかもしれないと思いながら、あえて尋ねる。少女は無言で、それでも小さく頷いた。

「……女の人が、好きなの？」

今度は、動かなかった。表情を硬くして、水面の一点を見詰めるだけ。それが肯定の意味なのは、珠理には十分に伝わった。

「そう……」

　黙り込む少女の横顔を見詰め、珠理は感嘆の吐息を漏らした。

　彼女のような内気な少女にとって、普通の告白でも大変なはず。それが同性となれば、どれだけの勇気を必要としただろう。偏見を持つ人もいるし、悪意に満ちた噂を広げられる事だって、なくはない。

　その先輩が、どういう人物なのかは知らない。一度は本気で付き合おうと思ったのか、単にからかって遊んだだけなのか。いずれにせよ、少女の想いは報われなかった。その悲しさは、想像するに余りある。ずぶ濡れになるほどショックだったのも、当たり前。

（楽しい初デートのはずが、最悪の日になっちゃったのね）

　かける言葉も見つからず、少女を抱き寄せる。肩に緊張を感じたけれど、それでも彼女は、抗《あらが》う事なく身体を預けてきた。

（……やばい）

　肩を抱いた事に他意はない。本当に、慰めようと思っただけ。しかし、女の子の柔らかな感触が、珠理の本能を叩き起こした。

（どうしよう……。この娘、すっごく可愛い……！）

　失恋が、子供っぽい容貌に大人の色気を纏《まと》わせたのだろうか。目を閉じた憂い顔を見ているだけで胸が高鳴る。胸も、脚の間の性欲器官も、キュンキュン疼《うず》く。

（……待って待って、落ち着きなさい。今、この娘は傷ついてるのよ？）

今にも暴走しそうな欲情に自制を求める。でも衝動は抑えきれず、彼女の肢体を盗み見た。白い肌。華奢《きゃしゃ》で滑らかな肩のライン。そして、掌で覆い隠せそうな、慎ましい胸の膨らみ。そのどれもが、珠理の「食欲」を刺激してくる。

（美味《おい》しそう……）

本音が、徐々に顔を覗かせ始める。

少女が女性に惹かれたように、珠理もまた、可愛い女の子が大好物なのだった。

男性経験は一度もない。その代わり、同性相手はそこそこ豊富。好みの少女が腕の中にいる望外のシチュエーションで、いつまで理性を保てるか分からない。

「…………？」

黙って見詰める珠理を、少女が不思議そうに見上げてくる。その瞳の無垢《むく》な輝きが、呆気なく理性を突き崩す。

（…………つまみ食い、しちゃおうかな）

考えてみると、仕事に就いてからエッチはご無沙汰。溜まりに溜まった欲求不満を解消すると同時に、彼女を慰められる方法があるなら、それに越したことはない。それに、何もしてあげられなかったら、彼女以上に珠理の方が後悔しそうだった。

強引な理由づけで自分を納得させ、少女の耳元に囁《ささや》きかける。

「……今日だけ、私が恋人になってあげようか？」

唐突な申し出に、理解が追いつかないんだろう。少女は真ん丸に目を見開き、穴が開くほど見詰めてくる。でもこれは、至って真面目な提案。

「このままだと、今日という日のあなたの記憶が、とても悲しいものになっちゃう。もちろん、人生の中では嫌な経験をする事もあるわ。でも、どうせなら……」

指で、少女の頬のラインをなぞる。お湯の中に潜航し、おへその下に円を描く。

「私が……別の思い出に上書きしてあげる……」

耳朶《みみたぶ》を舐めるような囁きに、少女は、瞬きもせず生唾を飲み込んだ。


「ん、あ……ふぁぁ……」

珠理の下で、少女の裸体が切なげに悶《もだ》える。バスルームからベッドへ直行。拭い残しの水滴をいくつも残したまま、一糸纏わぬ肌が絡み合う。

仰向けの小振りな乳房に、自慢の豊乳を押しつける。腿と腿とを擦りつけ、柔らかな頬に口づける。密着した肌のわずかな摩擦で、少女は短い喘ぎを繰り返し漏らす。

「あ、あ、あ……っ」

「こういうの、初めて？」

目を閉じ、唇を結んで、彼女は必死に何度も頷いた。しかし、声を出すのが恥ずかしいのか、夢中で手の甲を口元に当てる。

「さっきも言ったでしょ。私たちは、名前も知らない行きずり同士。今日限りの関係なんだから、恥ずかしいなんて考えないで」

思い出の上書き。その手段に、珠理はセックスを選んだ。見知らぬお姉さんに快感を与えられるというショック療法で、失恋の痛手を癒やしてあげようという算段。自分の女の子趣味を満たすため弱みに付け込んだみたいだけど、あくまでも救済が目的。

(だから……優しくなんてしてあげない)

より強いショックを与えるため、珠理は、無防備な首筋を思いきり吸い上げた。

「ひあっ!? あ、あん、あぁぁぁンッ!」

甲高い悲鳴が迸《ほとばし》る。少女の眉が困ったように寄せられる。そんな初々しい反応も、珠理の嗜虐《しぎゃく》心を悦ばせるだけ。久しぶりの女の子を味わうように、水滴の残る首筋を、何度も何度も舐め上げる。

「や……あ、あ、そんな………ンッ!」

「我慢しないで。あなたの可愛い声、もっと聞かせて……」

「でも、でも………はみゅうっ」

左乳首を摘《つま》んで軽く捻る。それだけでも少女には衝撃的な刺激らしく、大袈裟なほど背中を反らせた。反対側の乳首も同じように捻ると、彼女は反射的に珠理の手首を掴《つか》んで愛撫を阻もうとする。

「いや、恥ずかし……あっ⁉」

しかし即座にその手を掴み返し、ベッドに押しつけた。少女は身を左右に捩《よじ》って抵抗するけど、緊張で力が入らず、無駄に乳房を揺らすだけ。

風呂場ではよく見せてくれなかった双丘《そうきゅう》は、想像以上の美しさだった。柔らかそうな膨らみは、仰向けでも半球形を保ち、掌で包むのに程よいサイズ。

「やぁ……。恥ずかしい、です……」

気絶しそうに小さな声で、少女が震える。珠理は、わざと意地悪く目を細め、嬲《なぶ》るような視線で膨らみを眺め回した。

「いいおっぱいね。大きすぎず小さすぎず。乳首も、薄いピンクで綺麗……。私より少し長めかな。んふ、生意気に尖ってるくせに、震えちゃって……可愛い」

「や、やぁ……。そんな事、言わないでぇ……」

自分の胸を詳細に描写され、少女が半泣きで身を竦《すく》める。珠理としては自分の胸も彼女にじっくり観察して欲しかったけど、そんな余裕はなさそうだ。なのでそれは諦めて、震える小山を麓《ふもと》から舐め上げた。舌を伸ばし、ねっとりと唾液の跡を残しながら山頂を目指す。彼女の背中が、引き攣《つ》るように跳ね上がる。薄桃色の乳輪を舌先でなぞると、頭の上の方で息を呑む気配を感じた。

「あーむっ」

「んあぁっ！」

ご期待に応え、乳首を口に含む。掴んでいる少女の手が硬直する。その反応に胸をときめかせた珠理は、口の中で硬突起を舐め回した。唾液たっぷりの舌でくるくる転がす。

「は……あ、あ……こんな……こんなの……！」

初めての感覚に戸惑う少女の声が、部屋に響く。寒さに凍えるように、全身が震えている。顔が仰け反り、大きく開いた口からは、か細い悲鳴が迸る。珠理が手首を離した事にも気づかずに、枕を掴んで悶えまくる。でも、胸はフェイントのようなもの。彼女が舌愛撫に気を取られている隙に、油断しきった膝をこじ開けた。

「きゃあ⁉」

慌てて閉じようとするけれど、絡んだ珠理の脚がそれを阻止《そし》。一瞬の攻防の間に、指が秘部に到達していた。そのまま核心部に迫りたいのを我慢して、まずは、爪の先で鼠径部をじっくり撫でる。

「ひ……ひぁっ⁉」

外側から内側へ。身体の中心ギリギリまで接近し、不意に離れる。女の子の一番恥ずかしい部分への、寸止めの繰り返し。焦《じ》らし攻撃に、少女の膝がガクガク震える。

「……あら」

何度目かの最接近で秘裂の縁をなぞった珠理は、感触の変化に気がついた。

「ぬるぬるしてるわ。気持ちいいのね。……オナニーはしてる？」

「し、してません。そんな事……」

「本当かなぁ」

じっと目を見詰めると、彼女は激しくうろたえ目を逸らした。反応から察するに、自慰経験は一度や二度じゃない。嘘を吐く悪い子には、お仕置きが必要だ。

「ひっ、そこ……ひぃぃッ！」

一気に指を進め、濡れる秘裂を撫で上げた。まるで電気が走ったように、少女の身体が硬直する。それとは対照的に、陰唇は熱くふやけて、指に絡みついてくる。珠理は彼女の肩を抱き締めると、たっぷり分泌された恥液を性器に塗りつけた。

「あ、や……そこ触っちゃダメ……や、ひぁっ」

淫襞を優しく撫で、震わせて、少女の抵抗を黙らせる。彼女はどうすればいいのか分からなくなり、胸の前で両手を握り締めるだけ。混乱で脚を閉じるのさえ忘れている。抵抗が弱いのをいい事に、珠理は、割れ目の奥に侵攻した。滑らかな粘膜を傷つけないように気をつけながら、指の腹で撫で回す。

「はぅっ、はぁッ、は……ッ⁉」

少女が目を白黒させる。細い喉を反らせ、途切れ途切れに息を漏らす。

「ここ、オナニーで触った事ある？」

「ない……。そこ、初めて……ふぁあぁぁぁぁっ」

衝撃が強すぎたのか、図らずも自慰を白状してくれた。愛撫の速度を上げると、彼女の右手が珠理の手首を掴んだ。愛撫を阻みたいわけではなく、不安と混乱で救いを求めているだけ。安心させるために、抱き寄せた肩を優しく撫でる。

「ふぁ、あ、んあ……やぁぁ……！」

少女の頬が、珠理の胸に押しつけられる。唇が、熱い吐息を漏らしながら震えている。ぽってり丸い、ピンクの二枚貝。そこに吸いつきたい欲求が、にわかに湧き上がる。

（……て、キスは駄目よ）

自分のムラムラに釘を刺す。さすがに、ファーストキスを奪うつもりはない。それは、彼女に本当の恋人ができた時にするべき事。ましてや、ロストバージンなんて言語道断。

（………バージン、よね？）

もし違うのであれば、内側からの快感も与えてあげたいところだけど、こんな内気そうな子に確かめるのも気が引ける。この場限りの関係なのだと自分に言い含め、絶頂に追い立てるための仕上げにかかった。

「きひッ⁉︎」

いきなり少女が奇声を上げる。珠理の指が、最も敏感な肉芽を摘んだからだ。彼女のクリトリスは、こちらも乳首に似て見つけやすいサイズ。欲情に膨らんだそれを、泣いた子をなだめるように「いい子いい子」と撫で回す。

「ひゃあん！　あ、あ……それ……すごい、凄……ひぃぃぃッ！」

珠理的には手心を加えたぬるい愛撫だけど、ここへの刺激も慣れていないのか、少女は半狂乱で悶えまくった。肩を激しく左右に捩じり、もどかしそうに脚をジタバタ暴れさせる。珠理は全身でそれを押さえつけ、円を描くように陰核《いんかく》を撫で回す。

「やん、やんっ！　頭、変……変に、なっちゃう！」

「変になりなさい。思いきり気持ちよくなりなさい」

催眠術のように囁きながら、彼女の耳朶に舌を這《は》わせた。

「ひィィィッ‼」

陰核と耳への同時攻撃を、快感初心者は受け止めきれない。ねっとりした舌の動きと、激しい指の摩擦。差がありすぎる快感の二重奏に、少女の身体が痙攣《けいれん》し始める。

「だめだめだめっ！　変、こんなの激し……ふぁ、ふぁ、ふぁ……ンあぁぁっ‼」

小柄な身体が快感の頂点に達した。足指までピンと伸ばし、腰を何度も跳ね上げる。そんな状態の彼女に、珠理は追い打ちをかけた。五指を蠢かし、淫唇を軽くくすぐる。

「やめて……もう、もう、やめ……ひぃぃぃっ！」

それだけでも絶頂直後の性器には苦痛に近い刺激。少女は、最初に会った時とはまった

く別種の涙を流し、強制的に二度目の絶頂へ跳ね飛ばされた。

春休みが終わり、新学期。珠理も、赴任する女子校で始業式に臨んだ。体育館の壇上でパイプ椅子に座り、同じく転勤してきた数名の教師と共に、紹介される順番を待つ。

(あは、可愛い娘ばっかり)

学園長の話を聞きながら、心の中で声を弾ませた。見渡す全員が女の子。およそ二百名の、思春期という食べ頃少女を前にして、胸がときめく。といっても、生徒に手を出すつもりはない。それくらいの分別は持ち合わせているつもり。彼女たちは鑑賞して楽しむにとどめ、欲求の発散は別の手段を考える事にする。

(そこは、ちょっと残念かな)

女生徒に囲まれる教員生活は、どんなに楽しいだろうと思っていた。まるで、目の前にエサを吊るされていながら、食べる事を禁じられた猛獣の気分。

それに、こうして女の子たちを眺めていると、どうしても先日の少女を思い出さずにはいられない。あの日の別れ際、最初のような深刻さは薄れていた。けれど、失恋の痛手を綺麗に消せた自信はない。

(ほんの少しでも、元気になってくれてたらいいんだけど……)

同性しか愛せない者の苦労は、身に染みて知っている。簡単に次の人というわけにはいかない。珠理にも、興味本位で付き合ってくれる女性はいた。けれど、そのほとんどが、あの少女と同じような断られ方をして終わった。

恋愛の機会が少ないだけに、人一倍、そばに誰かがいて欲しいと強く願う。けれど変に思われるのが怖くて、人一倍、恋に臆病になってしまう。

女の子同士でも受け入れてくれる人はいる。そう伝えたくて、あんなショック療法的な手段を取ってしまった。でも、彼女がどう受け取ったかは、確かめられなかった。

(あ~、でも……。もったいない事したなぁ)

あそこまで好みにピッタリ合う女の子、滅多にいるものじゃない。出会い方次第では、自分が恋人候補に名乗り出ていたかもしれないのに。

(ま、無理なんだけどね)

どう見ても、この目の前にいる女生徒たちと同じ年頃。発覚したら大問題になる。先日のは特例中の特例。偶然の出会いをラッキーと思って諦めるしかない。

そんな事をぼんやりと考えていたら、学園長に名前を呼ばれた。自己紹介の順番が回ってきたみたいだ。前の人たちの話を聞きそびれてしまったけれど、どうせ、この後も職員室で挨拶する予定なので、問題ない。

珠理はパイプ椅子から立ち上がり、優雅な足取りを意識して演壇に向かった。

今日は、長い髪をアップにしてバレッタ留め。ノースリーブの白ブラウスに、赤い膝丈フレアスカート。その上から、トレードマークである白衣を纏う。そして、眼鏡で理知的アピール。頼りになるお姉さんを演出してみせる。

「養護教諭の、白城珠理です。みなさんの健康を預かる身として、精一杯務めさせていただきます。身体の事、心の事、友達関係。何でも構いません。悩み事があったら、一人で抱えずに、気楽に保健室を訪ねてきてくださいね」

珠理は、黙っていると顔がきつめと言われる事も多い。できる限りの柔らかい声を意識して生徒に呼びかけた。もちろん、女の子に好かれたいがため。やましい気持ちもなくはないけど、そもそも、保健室が敬遠される場所になったら彼女たちのためにならない。

ぺこりと一礼し、挨拶を終えた。その途端、急に胸が軽くなった。やはり、多少は緊張していたみたいだ。安堵ついでに、生徒たちを改めて見回す。さっきより、一人一人の顔がはっきり見えるようになっていた。

そして、その中に、見覚えのある顔がいた。


「まさか……ウソでしょ？」

保健室の机で、珠理は頭を抱えていた。本当なら「今日からここが私の城♪」なんて浮かれていたかもしれないのに、とてもそんな気分にはなれない。

集団の中に、ふと見つけた少女。ちゃんとは確認できなかったけれど、どこか深い想いを秘めたような瞳が、じっと珠理を見詰めていた——ように思えた。

「あの娘が、ここに？　いやでも、それは……」

正直、その可能性は低いと考えていた。珠理のマンションは、学園からは意外と遠く、近辺にデートスポットらしい場所もない。なので、その辺りに住む別の学園の子だと思い込んでいた。だからといって、まったくありえない話ではなかったはず。

「私とした事が……欲に目が眩《くら》んだのかしら」

弱った少女を抱きたい一心で、危険から目を逸らしていたのかと思うと情けない。

ともかく、早く見つけて例の件を口止めしなくては。口外でもされたら教諭生命が終了になる。そんな娘には見えなかったけど、万が一という事もある。

「でもどうやって探す？　闇雲に教室を見て歩くのも怪しまれそうだし……」

どうせ再会する事はないだろうと、互いに名乗らなかったのが仇になった。

「……そうだ、名簿！」

ノートパソコンを開き学内のローカルネットに繋ぐ。学生名簿で調べれば、本当にあの少女か分かるはず。生徒向けには名前しか表示されないけれど、教員用のパスワードで、顔写真が見られる仕様になっているのだ。さっき職員室で説明されたばかりの機能を、さっそく利用させてもらう。

生徒数は、二百人弱。彼女は「先輩」に振られたと言っていたけど、相手が卒業生であ可能性も否定できない。となれば、三年生も除外はできないいだろう。少女の通う学園について考察を誤ったばかりなので、調査対象を絞り込む事に自信を失っている。

「端から見ていくしかないか」

溜息を吐き、一年生から一人ずつ、記憶の少女と写真を見比べる。

「……みんな可愛いわね」

この学園は校則が厳しく、メイクやアクセサリー類の制限も多い。素の自分で勝負しなければならない環境下で可愛らしく感じさせるのだから、美的偏差値はかなり高いと言っていい。マウスで画面をスクロールさせるうち、いつの間にか目的を忘れ、普通に女の子たちを鑑賞するだけになっていた。

「おっといけない。あの娘を探すんだった……」

それにしても、改めて感じる。他の生徒たちに比べ、あの少女はいかにも地味。もちろん十分に可愛いのだけど、人目を引くような華やかさはない。

(表情……かな)

きっと、暗く沈んだ顔しか知らないせいだ。いつか明るく笑うところを見られればいいのに、なんて思っていたら、一年生の分が終わってしまった。

「となると、やっぱり二年生か……」

「はい、二年二組です」

「…………えっ？」

背後からの柔らかい声に、ちょっとだけ驚いて振り返る。でも、そこに立っていた少女を見たら、時間が止まったような思考停止に陥った。

丈の短い紺色ブレザー、赤くて短いネクタイ。ハイウエストのスカート。飾り気のない制服に身を包んだ彼女は、私服の時よりも、さらに控えめに見える。

「あ、あ、あなた……」

頭が動き始めても、名前が出てこない。当たり前だ。知らないのだから。その間、彼女は両手を前に組み、お行儀よく立っていた。顔は珠理の方を向いているけど、視線は、困惑気味に、やや斜め下。それはそうだ。行きずりのお姉さんが、自分の学園の保健医だなんて考えもしなかっただろうから。

「ど、どうしてこんなところに？　授業は？」

時計を見たら、とっくに放課後だった。そういえば、窓の外では部活の準備が始まっている。丸一日、彼女の事を考えて、ろくに仕事をしないでしまった。

「せ、先日は……その……」

自分に呆れていたら、頬を染めた少女が俯きながら話し始めた。囁くような声や、モジモジ動く指先に、ためらいが現れている。お礼か文句か知らないが、何かを訴えたいのは分かる。でも、初めて肌を重ねた相手を意識しすぎて、上手く言葉が出てこない様子。

それは珠理も同じだった。この真面目そうな少女の、今は制服に隠れている裸身や、快感に乱れた姿が、脳裏に焼きついて離れない。というか、何度か彼女で自分を慰めてしまったのだ。もっと少女の身体を楽しみたかった、などという下種《げす》な類いの後悔もしたけれど、本人を目の前にしたら、気まずさと申し訳なさが沸々と湧き上がる。

それにしても、少女はさっきからモゴモゴ口籠るばかりで、要領を得ない。朝から相当に悩んでいたんだろう。かなりの覚悟で保健室に足を踏み入れたはずだけど、いざとなったら尻込みしてしまうなんて、よくある事。

珠理は、先日と同様、無理に先を急かそうとは思わなかった。同性の先輩に告白した事といい、いざとなれば行動できる娘だと思ったから。

(でも、ちょっとは背中を押してあげましょうか)

ここは年上の自分がリードする場面。彼女へのカウンセリングが、この学園での初仕事になりそうだ。まずは、キャスター付きの丸椅子に座るよう勧める。

「元気だった？」

その問いに、少女は小さく肩を強張《こわば》らせる。まだ、失恋の傷は癒えていない。セックスで一時的な気分転換はできたはずだけど、所詮《しょせん》、相手は見ず知らずのお姉さん。例の先輩とは毎日学園で顔を合わせる可能性があるわけで、心理的影響力は比べるまでもない。

それに、まだあれから一週間ほど。気持ちを切り替えるには短すぎる。

「こんなところで会うなんて、びっくりね」

珠理が笑みで尋ねると、少女は無言で頷いた。

茶色がかった髪色は、生まれつきだろうか。ところどころ跳ねる癖っ毛が、むしろ似合って可愛い。少し顔を伏せると、垂れ目が前髪に隠れてしまう。それもまた、彼女の性格を表しているように思えた。

それにしても、相変わらず無口。困った珠理は、パソコンの画面に視線を移した。

「えーっと、あなたのお名前は……」

「守本文乃《もりもとふみの》、です」

さすがに不愛想すぎたと思ったのか、今度は自ら答えてくれた。一応、さっきの集会で挨拶はしたけれど、改めて珠理も名乗る。

「私は、白城珠理よ。よろしくね」

文乃は、了解を知らせるように、珍しく大きく頷いた。しかし、また話題が途切れてしまう。珠理は手持ち無沙汰に、白衣の袖を二回ほど捲《まく》り上げた。

(……と、肝心な事を忘れていたわ)

まずは先日の件を口止めしておかなくては。ただ、無神経に蒸し返すと文乃を傷つけてしまいかねない。注意深く話を進めるため、軽く一拍置いて、呼びかける。

「あのね、守本さん」

はい――と、文乃が顔を上げる。目が合った、その瞬間、珠理の胸がドキンとひとつ、激しく大きく、高鳴った。特別な美少女なわけじゃない。声も表情も控えめ。なのに、深い色の瞳の奥に吸い込まれそうな感覚に陥る。

「……先生？」

小首を傾げる文乃の声で、我に返る。腰が椅子から浮きかけていた。もし沈黙が続いていたら、彼女を抱き締めていたかもしれない。

(私、どうしちゃったのかしら。女の子の相手なんて慣れっこなのに)

きっと、久しぶりの肌の触れ合いが心地よすぎたせい。そう結論づけて腰を戻す。そして小さく深呼吸すると、やっと本題にこぎつけた。

「……この前のあれね、秘密にしておいてほしいの。理由は、分かるわよね」

「え……？」

文乃が戸惑いの表情を浮かべる。正直、この反応は予想外だった。教職員と生徒。女性同士。公になった時、好奇の目で見られるのは避けられない。思慮深そうな雰囲気のある子だから、それくらいの事はとっくに理解してくれていると思っていた。

本当は一切の関係を断つのが望ましいのだけど、保健医としては、そうもいかない。

「あの時は、あなたが生徒とは知らなかったから……。もちろん励まそうと思っての事よ。それは誤解しないでね。それさえ分かってくれれば、普通に接してくれて構わないわ。いつでも遊びに来て。ただ、あの事だけを黙っていて欲しいだけで……」

説得しているつもりなのに、言葉を重ねるたび浅薄な弁解になっていく。これでは必死に保身を図っているみたいだ。それもこれも、彼女がちゃんと了承してくれないため。

（まさか、誰かに喋るつもりなんじゃ……）

それとも、もう友達に口を滑らせてしまったのか。そして、それを謝罪しに来た。

（ありえる……。十分にありえるわ！）

赴任初日で不祥事発覚。女生徒と淫らな行為をした淫乱保健医。そんな週刊誌的見出しが頭の中を乱舞して、珠理は焦燥感に駆られた。

「お願いだから、誰にも言わないで！　何でも言う事を聞いてあげるから！」

「…………何でも？」

急に、文乃の目つきが変わった。失恋の哀しさや、内気とは違う。失望が希望に転じたように、にわかに瞳を輝かせ始める。

「本当に、何でもですか？」

口数が少ないのは相変わらず。姿勢だって、ちょっと前のめりになっただけ。なのに、迫りくる圧力は、さっきまでとはまるで別もの。真っ直ぐに顔を上げ、有無を言わせまいとするような視線が珠理を射抜く。もしかして、とんでもない事を口走ってしまったのではないだろうか。そんな予感が背中を戦慄させる。

「な……何でもって言っても、金銭的要求みたいな無理難題は困るわよ？」

「そんな事、言いません」

文乃の口調は落ち着いている。珠理も、狼狽するまいとして姿勢を正す。彼女の視線を押し返すように、眼鏡のレンズを通して見詰め返す。

しかし、身構えつつも、内心では困惑が渦巻いていた。

(先輩との仲を取り持てなんて言われたら、どうしよう)

珠理だって女性が好きだけど、それを生徒に勧めていいものかどうか。無理強いできる話ではないし――なんて、先回りして答えを模索し始める。

「先生……。わたし……まだ、怖いんです」

「う、うん？」

何を要求されるんだろうと思っていた珠理は、予想とは違う入り方に困惑した。

「先輩に振られて、すごく悲しくて、何も考えられなくなって……。でも、先生が、その……優しくしてくれたから、ちょっとですけど、救われた気持ちになれたんです」

「そ、そう……。それはよかったわ」

一応、あの場での目的は果たせたようなので、その点は安堵する。しかし、文乃が何を言いたいのかは、まださっぱり見えてこない。すると彼女は、珠理を見詰めていた視線を外し、俯いて胸に手を当てた。

「でも……まだ駄目、なんです。もし先輩に会ったら、馬鹿にされるんじゃないかって。先輩がわたしの事をみんなに言いふらしたらと思うと、人と話すのも怖くて……」

「……誰かに何か言われた？　クラスで孤立しているの？」

文乃は首を横に振った。ただの被害妄想なのだろう。だけど、勇気を挫《くじ》かれ、同性との恋に臆病になった彼女に、安易な慰めは逆効果。

(私の時は、どうしたっけ……)

自分の失恋経験を思い出し、アドバイスできる事はないかと考え始めた時だった。

「だから、先生。……また抱いてください」

「は……はい？」

いきなり話が飛んで、思考の方向転換が追いつかない。

「わたし、胸の中がズタズタなんですっ。先輩の事を考えると、痛くて我慢できなくて、涙が出るのを我慢できないんですっ。先生に慰めてもらった事を思い出すと、少し落ち着けます。でも……あれっきりだと思うと、今度はもっと胸が苦しくなって……」

一度きりの慰めセックスが、むしろ彼女を苦しめていたなんて。思わぬ副作用に、珠理は激しく動揺させられた。

「だから、先生。責任、取ってください」

「せ、責任？」

「わたしの、この傷が癒えるまでケアしてください！　保健の先生として！」

それは保健医の仕事じゃない。そもそもエッチを秘匿するための条件なのに、その行為を求めるなんて本末転倒だ。

(もしかして、思い出の上書きが上手くいきすぎた⁉)

戦慄する珠理をよそに、丸椅子のキャスターを滑らせ文乃が距離を詰める。その分、珠理の椅子も下がろうとするけれど、すぐ机に阻まれる。

「先生、さっき『はい』って言いました」

「はい？　い、いや待って！　今のはそういう意味じゃゃ……」

そんなお願いは却下。他の事にしなさいとたしなめるため、毅然とした顔を作る。でも、それを口にはできなかった。

「お願い……します……」

少女が、苦しそうに胸を押さえる。懇願するように、深々と頭を下げる。断ち切れない先輩への未練と、二度と与えてもらえないと思っていた珠理による癒やし。様々な思いが、文乃の胸を引き裂いている。時間が解決してくれるかもしれないけれど、苦い経験は、どんな形で心に傷を残すか分からない。

返事に躊躇していたら、強張っていた文乃の肩が、落胆したように下がった。そして、ゆらりと立ち上がり、踵《きびす》を返す。

「……言いふらします」

耳を澄まさなければ聞き逃す小さな呟き。あまりに彼女の動作に覇気がなく、唖然となった珠理は、その言葉の意味も考えずに見送るところだった。

「ちょ、ちょっと待って！」

暴露されたら珠理はクビ。彼女自身も学園での居場所を失う。だから本当に言いふらしたりなんかしないと思いたいけど、思い詰めた女の子は何をしでかすか分からない。

「………仕方ないわね」

溜息と共に、承諾する。答えてから、本当にいいのだろうかと自問する。

文乃を見た。喜ぶのかと思ったら、両手で胸を押さえたまま、今にも泣き出しそうな顔で珠理を見詰めている。受け入れてもらえた事が信じられないみたいだ。無茶を承知のお願いだったんだろう。叱責《しっせき》される事も覚悟していたかもしれない。

(教職にある者として、本来はそうするべきなんでしょうけど……)

こんな不安丸出しの顔をされて、厳しい事なんて言えるわけがない。

少女は、祈るように胸の前で両手を握り、立ち尽くしている。念願が叶った事で、逆に緊張がぶり返したみたいだ。

窓のカーテンを閉める。室内が薄暗くなっただけで、空気が一変して秘密めく。扉の施錠はできない。部活でケガをした生徒が来るかもしれないから。それなら時と場所を改めればいいだけの事。その方が、文乃も考えを改めるかもしれない。

（でも……それで、この娘の気持ちを救えるの？）

珠理は覚悟を決め、顔を強張らせている文乃の手を引いた。ゼンマイ仕掛けの人形のようにぎごちなく歩く彼女を、ベッドに導く。

仕切りのカーテンを閉め、二人きりになった空間で、少女の細い腰に手を回した。

「さて、お嬢様。私に何をして欲しいのかしら」

「せ、先生……」

文乃の方が、十センチほど低い。見上げる瞳が、緊張と不安で揺れている。

彼女の手が、珠理の腕にすがりついた。わずかに顎《あご》を上げたと思うと、目蓋が、そっと閉じられる。かすかに開いた唇が、最初のおねだりを求めてくる。

「……それは、本当に好きな人のためにとっておいたら？」

まさかの要求に動揺した。忠告しても、文乃は動かない。鼻の頭をくっつける。それでも逃げる素振りをまったく見せない。じっとしていたら、彼女の吐息が、唇に触れた。くすぐったさに刺激され、珠理の鼓動が速くなる。

「……後悔しても知らないわよ」

少女に言ったつもりの言葉が、自分の胸に重く響く。でも少女の甘い匂いの前で、それは抑制にならなかった。わずかに顔を傾けて、唇を寄せる。

「……ん」

触れ合った瞬間、文乃が小さく喘いだ。その感触と甘い声に、珠理の身体を電流が走り抜ける。女の子の唇の感触が、ピリピリと心地よく全身の肌を刺激する。その痺れに衝き動かされ、少女の細い腰を抱き締める。

文乃が、わずかに逃げ腰になった。でもすぐに、自ら胸を押しつけてくる。もしかして初めてではないんだろうか。そう思って、試しに唇を舐めてみた。

「ひぁっ……!?」

蚊の鳴くような声を上げ、文乃が身体を引いた。目を真ん丸にして驚いている。

「あ、ごめんなさい。……嫌だった？」

少女は目を見開いたまま首を振る。そして再び身体を寄せると、肩に頭を乗せてきた。

「いいえ……。急だったから、びっくりしただけです」

「キス、初めて？　……私でよかったの？」

そのどちらにも、文乃は小さく頷いた。でも、それ以上の答えはない。珠理だからいいのか、誰でもよかったのか。後者だとすると、まだ自棄を起こしているのではないかと気がかり。しかし前者だとしても、彼女の中では同じ事のような気がする。

あまり幸せになれないような予感がしたので、確かめるのはやめにした。

「もっとキスする？　それとも……もっと大人のキスをする？」

その代わり、卑怯な二択を文乃に迫った。モヤモヤした気持ちにさせられたから、ちょっと復讐。彼女は息を詰め、少しだけ考えて、目を閉じながら短く答えた。

「………大人の」

そして、かすかに開いた唇の間から、舌の先を覗かせた。珠理がそれを舐めると、驚いたように巣穴に引っ込む。自分から誘っておいて、その態度は許さない。強引に唇をこじ開け、逃げ惑う舌を追いかける。結果、口腔《こうこう》内をくまなく掻き回す事になり、彼女の身体から次第に力が抜けていった。

「ふぁ……あ……」

膝が崩れていく。その腰を支えながら、ゆっくりとベッドに寝かせる。珠理は体重をかけて覆い被さり、思いきり唇を吸い上げた。

「ふ……んムぅッ！」

少女の身体が、雷に打たれたように跳ね上がる。珠理の肩に指が食い込む。唇が外れそうになったので、暴れる頬を両手で挟み、舌を根元近くまで挿し入れた。唾液を纏わせながら彼女の舌に絡めると、珠理の身体の下で、細い腰が左右にくねる。

「せ、せんせ……んぁ、あっ」

「あなたも舌を動かして……」

珠理に言われるまま、文乃も舌を絡めてくる。でも初めてのキスで上手くできるはずもない。不器用ながらも懸命に動かす彼女を微笑ましく思いながら、導くように、くるくると螺旋を描いてみせた。

「あぁ……はぁ……」

眉を寄せ、息を荒らげて、必死に珠理の真似をする。そんな彼女には申し訳ないけれど、キスに夢中になっている間に、別の場所へと食指を伸ばした。

珠理の腰を挟んでいる、少女の脚。悶えながら立てられたその膝を、右手の指でくすぐった。五指を開いたり閉じたりと蠢かせながら、爪の先で軽く撫でる。

「ひぁっ⁉　な、何……んみゅぅ！」

驚く文乃の口を唇で塞ぐ。暴れる肩を左腕で抱え込み、敏感な膝を苛《いじ》める。

「ここ、意外と気持ちいいでしょ」

珠理も、初めてこの愛撫をされた時は驚いた。気持ちよさより混乱が先に立ったほど。まさにその状態に陥った文乃は、初めての感覚を受け入れきれず、逃れようとして何度も腰を跳ね上げた。

「ふぁう、あぅ！」

もっと膝を苛めて遊びたいけど、そろそろ大事なところが切なくなっているはず。指を移動させ、滑らかな太腿を逆撫でした。

「は……あぁぁ……っ」

文乃が白い喉を見せて仰け反る。膝と鼠径部を往復する愛撫が、徐々に核心部分に近づいているのを感じたのか、期待に全身を細かく震わせている。もっともっと焦らして、快感を高めてあげたい。でも、そんな珠理の思惑に反し、指が勝手に先走った。

「ふぁぅっ⁉」

不意打ちに、少女が甲高い悲鳴を上げる。反射的に脚が閉じられるけど、間に珠理の腰が挟まっているので無駄な抵抗。大きく開け放たれた股間を撫で上げた指先が、熱い湿り気を感じ取った。下着の底が、しとどに濡れてふやけている。

「あなたのパンツ、凄い事になってるわよ」

「や……っ。言わないで……駄目ぇ……！」

意地悪く囁くと、文乃は消え入りそうな声で涙を流す。それでも彼女は、珠理の手を振り払おうとはしなかった。内腿を強張らせつつ、両腕で首にしがみついてくる。

「ひゃ、ひゃう、きゅふぁっ」

下着の上から窪みを撫でた。人差し指を食い込ませ、微細な振動を与える。直に触れた先日の愛撫より、快感は鈍いはず。それでも行為に不慣れな彼女には、十分すぎる刺激だった。次は円を描くように撫で回す。下着の布地が陰唇を擦り、荒っぽい快感に耐えかねた少女の身体が、珠理の腕の中で跳ね上がる。

「あん、んあン、きゅあぁんっ」

喘ぎが高音になってきた。珠理好みの音域だけど、外に漏れるようなボリュームは避けたい。なので、声をくぐもらせるため、舌を根元まで強引に押し込んだ。

「あぶ、んぷ……ん、んむぅぅっ」

文乃も必死に舌を絡める。キスの隙間から溢れた唾液が、彼女の首筋に流れ出す。制服の襟を汚す前に舐め取って、口の中に押し戻す。

その間も指は絶え間なく蠢き、下着の底から内側に潜り込んだ。

「熱い……」

珠理は思わず、溜息のような感嘆を漏らす。そこには、上の口より多量の唾液を湛えた性器が待っていた。淫熱《いんねつ》で柔らかくなった陰唇が、キスをするように指に吸いつく。

「先生……。せ、せんせえ……」

少女の切ない喘ぎが、珠理の嗜虐心をくすぐった。慎ましやかな少女を乱れさせたい欲求に抗えず、二本の指で秘裂を素早く撫で上げる。

「は、あ、ふぁうっ。それ、それ……それ、凄いの……。先生、先生っ！」

少女が必死に抱きついてくる。夢中で首を振り立てながら、脚を大きく開いていく。

不意に、珠理の胸が絞めつけられた。彼女の表情に愉悦を感じない。こんなに気持ちよさそうなのに、無理に快感に溺れたがっているようにも見える。

忘れるところだった。何のために、彼女が珠理を求めたのか。

（本当に、これでいいの？）

改めて疑問が湧いてくるけど、今は文乃を満足させるのが最優先と割り切った。

「いいわ……。目一杯、気持ちよくさせてあげる」

淫蜜で濡れた指で女性器を掻き回す。柔らかい陰唇をくすぐりながら、木の芽のような快感器官も同時に擦り上げる。

「ん、ひッ……ひぃぃぃッ！」

悲鳴はキスで吸い取った。でも性器愛撫の手は抜かない。硬くなった陰核を転がし、少女を快感の極みに追い詰める。

「せんせ……せ……んむっ」

濃厚な舌の絡みで、文乃は声を出せない。激しく震える小柄な身体が、その時が近いと訴える。しかし、一方的に責めながら、珠理も我慢の限界だった。脚の間が疼く。少女の喘ぐ姿を見せられて、欲情を覚えないはずがない。

（ダメ……。我慢できないっ）

あいにく珠理の両手は塞がっていて、自慰に回す余裕はない。欲求不満は文乃にぶつけられた。八つ当たりのような愛撫で陰唇と陰核を擦り回し、首を傾けた深いキスで唇を捻《ね》じ込んでいく。舌と舌がザラリと擦れ合った瞬間、二人の身体に激しい電流が流れた。

「ふみゅ、んみゅ、みゅうぅッ！」

文乃の身体が硬直する。目を見開いて腰を突き上げる。その拍子に彼女の腿が珠理の股間を擦り上げ、一瞬にして激しい快感電流を脳天にまで直撃させる。

「な……何これ、急に……あ、だめっ、こんな……ふぁぁっ⁉」

「先生、先生、せんせ……ンみゃあぁぁっ！」

二人は胸を合わせて仰け反った。唇を繋ぐ唾液の糸を引きながら、絶頂快感に全身を震わせる。珠理は、自分の身体に愕然《がくぜん》となっていた。いくら久しぶりとはいえ、たった一回の摩擦で達してしまうなんて。

「ど、どうしてこんな……あ、あ……」

痙攣がおさまらない。しかし、いつまでもそうしていられない。身体の下では、同じく文乃が小魚のようにビクビクと跳ねている。珠理はやせ我慢して震えを押さえ、彼女の頬を優しく撫でた。

「気持ち、よかった？」

やっとの思いで短い言葉を絞り出す。少女は小刻みに震えながら、コクコクと頷いた。落ち着きを取り戻しつつある文乃の目が、珠理を見上げている。絶頂直後とは思えないほど、熱に浮かされた視線で。

その瞳の色に胸の高鳴りを覚え、珠理は、ゆっくりと唇を重ねていった。

第二章　ひとりエッチを見せてあげる

珠理は、覇気のない目で、司書室の窓から午後の校庭を眺めていた。この時間は体育の授業がなく、実に見晴らしがいい。雲ひとつないお天気なのに、もったいない——なんてとりとめのない事を考える。

視線を、図書室の方に向ける。壁に嵌《は》められた大きなガラスの向こうには、いくつもの書架が並ぶ空間。当然、そこにも生徒の姿はない。

「静かだなぁ……」

保健室から持参したマグカップで、すっかり冷えたコーヒーを啜《すす》ると、司書の神木《かみき》先生が怪訝《けげん》そうに顔を上げた。

「どうしたの、白城先生」

珠理より五歳上の彼女とは、すぐに仲良くなった。仕事場の位置がご近所なのと、授業中は基本的に生徒の相手をする事がないという共通点が、その理由。気さくな人で、先輩なのに同僚のように接してくる。

「お疲れみたいね。早くも五月病？」

「あ、いえ。そうじゃありません。……私、そんなにボーっとしてました？」

「してたわよ。ほら」

　神木先生が、笑いながら珠理の座る机上を指差す。そこには、新しく入荷した本の山。管理用のバーコードシールを貼ったり、学園の判を押したりする作業を手伝っている最中なのに、すっかり手が止まっていた。

「今年は古い本の入れ替えもあって、量が多いの。放課後になれば図書委員が来るから、それまでは頑張ってくださいね」

　にっこりと穏やかな笑みで、有無を言わせない司書先生。珠理も女の子の扱いなら得意だけど、日々、生意気盛りの女子校生をあしらっている人は圧力が違う。

「はーい」

　素直に返事をして作業に戻った。学生時代、後輩の娘を快感で泣かせた珠理も、ここでは一介の新入り教諭。悪目立ちして、お局様みたいな女教師に目を付けられてもつまらない。幸い、この学園にそんな人はいないようだけど。

「そういえば、白城先生は、お勤めはここが初めて？」

「二校目です。前のところは産休の代理だったので。こちらへの異動も急に決まったんです。そのせいで、学園の近くにいい物件がなくて」

「そうなんだ。困り事があったら、何でも相談してね」

　黙っていたらサボるとでも思われたのか、何かと話題を振ってくる。しかし、彼女の親切な一言が、珠理の胸をチクチク刺してきた。

(初日に女生徒と関係を持ちました……なんて相談は受け付けてくれないわよね)

曲がりなりにも教職なのだから、もっと注意深くあるべきだった。ましてや、エッチで失恋ケアなんて。けれど、それ以外に文乃を納得させられる方法があっただろうか。

自分を正当化させたいだけ——そんな疑問も抱かないわけじゃない。

(学生の時は、なーんにも考えずにエッチできたのになぁ)

そこまで能天気だったかはさておき、少なくとも、今のように、立場なんてものを気にかける必要はなかった。

「……大人になるって、不自由ですね」

「どうしたの、急に」

「え、あ……何でもないです。えーっと……」

つい声が出た。取り繕える言い訳を考えていたら、ちょうどチャイムが鳴ってくれた。

「あ。授業、終わったみたいです」

ほどなくして、生徒たちの大移動が始まった。帰宅に部活に委員会。司書室にも、図書委員たちが集まってくる。

「じゃ、私は保健室に戻ります」

「次はコーヒーを飲むだけじゃなくて、ちゃんと作業もしてね」

神木先生のお小言に、苦笑いで反省の意を示す。

「はーい。……あ、何か本を借りていっていいですか？」

「どうぞ。ちゃんと職員用のＩＤを使ってね」

この図書室は、学生は生徒手帳、職員は入構証のバーコードを使って貸し出しや返却の管理をしている。とはいえ盗難防止装置なんてご大層なものはないので、無断で持っていかれたらアナログもデジタルも関係ない。実際、年に何冊か行方不明になるらしく、司書先生も、生徒のモラルと予算の限界を嘆いていた。

「さーてと、今日は何を……あら？」

読書や自習をするのがほとんどの中、少し変わった生徒がいた。窓際のテーブル席で、タブレットとにらめっこしている一人の少女。

(守本さん？)

本を何冊か積んで、画面を睨んだまま動かず考え込んでいた。かと思えば、急に勢いよく文字を入力していく。そして、しばらくすると再び止まって、頬杖を突く。その繰り返し。何をしているのか聞いてみたいけど、とても集中している様子。

珠理は、本を選ぶ気配すら彼女の邪魔になる気がして、そのまま手ぶらで退出した。

新学期となれば、身体検査の季節。そして、珠理にとっては楽しみな催しだった。美味しそうな若い果実が、下着姿で保健室を埋め尽くしてくれるのだから。

身長や体重など、簡単な作業はクラスごとの保健委員に任せる。珠理は、もっと繊細な項目である、胸囲の測定を担う事にしていた。数値をごまかそうとする生徒が、必ず現れるためだ。決して趣味と実益を兼ねているわけではない。

「はーい、次の子ぉ」

メジャーを手に、流れ作業で女の子の身体を測っていく。できる事なら、もっとゆっくり触りたいけど、残念ながら同性間でもセクハラは成立する。

(やっぱり、鑑賞して楽しむしかないのかぁ……)

嬉しさ半分、悲しさ半分の複雑な心境に、顔には出さずに泣き笑い。

「……白城先生って、大きいですよね。何カップなんですかぁ?」

むしろ、生徒の方が無遠慮に胸のサイズを尋ねてくるほどだった。それも一人や二人ではないので「機密事項よ」とか「想像にお任せするわ」とか適当にあしらう。教えてあげてもいいけれど、想像を掻き立てさせる方が、より彼女たちから注目されて気持ちいい。お触りできない鬱憤を、そんな形で晴らしても罰は当たらないだろう。

それにしても、狭い室内が「きゃあきゃあ」と騒がしい。互いに記入表を覗き合い、書かれた数値に一喜一憂。珠理だって、つい数年前までは女子校生だったから、気持ちは分かる。何より女の子が大好きだから、多少の雑音は、むしろ耳に心地いい。

とはいえ、それもお行儀よくしてくれていたらの話。

「ねぇねぇ守本さん、どうだった？」

「え……まだ測ってない……」

そんな会話が耳に届いた。顔を向けると、部屋の隅の方で、文乃が数人のクラスメイトに囲まれている。彼女がいるのは分かっていたけど、必要以上の接触を避けようと、あえて意識から遠ざけていた。

聞き耳を立ててみれば、苛めとかではなく普通の会話。なのに、文乃は肩を竦め、必要以上に怯《おび》えているように見える。本当に友達付き合いが苦手みたいだ。

視線で珠理に助けを求めてくるけど、友達とのコミュニケーションも大切な事。過剰に介入する必要はないと判断し、気づかないふりをする。

「じゃあさ、あたしが守本さんのを測ってあげる」

「え、いいよぉ……」

友達のひとりが、両手の指をワシワシと開閉させる。きっと文乃の胸を揉むつもり。

（う～。そんなスキンシップなら私がしたいのにぃ！）

女生徒に触れない妬みから、つい本音を叫びそうになる。悪戯《いたずら》が過ぎるようなら止めればいいだろうと、あえて視線を逸らして仕事に専念する。

けれど、その判断は間違いだった。

「きゃあぁっ!!」

短い悲鳴が、保健室内の騒がしい空気を切り裂いた。驚いて再び顔を上げたら、文乃が床にしゃがみ込むところだった。それも、外れたブラで胸を両手で隠して。

「何をしているの!?」

珠理が鋭い声で立ち上がると、文乃を囲んでいた生徒たちは激しく狼狽した。

「あ、あの……守本さんが、くいってして、その……」

しどろもどろだけど、おおよその事態は把握した。彼女がブラを掴み、嫌がった文乃が身体を捻った拍子に、背中のホックが壊れたみたいだ。

(どれだけ全力で拒否したのよ)

友達の悪戯よりも、文乃の嫌がり方に呆れてしまう。

耳鳴りがしそうなほど騒がしかった室内が、一瞬にして静まり返っていた。気まずい雰囲気の中、珠理は、ブラを壊した生徒に謝罪するよう促した。

「あの……ごめんなさい守本さん。わざとじゃないの」

文乃は答えない。顔を真っ赤にして、零れそうになる涙を必死に堪えている。友達のうろたえ方を見ても、悪気があったわけじゃないのは分かる。こんな事でクラスの人間関係を壊す必要はないはず。

「どうする、守本さん」

あえて文乃に判断させる。苛め問題なら解決は厄介だけど、これは、ただのトラブル。本人が許せばそれで終われる。

「だい……じょうぶ……です……」

ゆっくりと、文乃が立ち上がる。友達が再び頭を下げると、彼女も「ごめんなさい」と悲鳴を上げた事を詫《わ》びた。それで、張り詰めていた空気が少しは緩む。

「はーい、それじゃ測定を再開します。私は守本さんの下着を直しますから、こっちは委員の人に任せます」

指示に従って、生徒たちが動く。珠理は机の引き出しから裁縫道具を取り出して、文乃をベッドの方に手招きする。

その後の測定は、スムーズに進行した。残留した緊張感が、彼女たちのお喋りも控えめにさせている。その様子を横目で見ながら、珠理は後悔に眉を曇らせた。

(失敗したなぁ。大きな声を出しちゃった。怖い先生だって思われたらどうしよう)

生徒たちの健康管理上、保健室が敬遠されるのは好ましくないのに。でも今は、文乃の方が大切だ。彼女をベッドに座らせ、自分は丸椅子でブラのホックを縫い直す。

「応急処置だから、帰るまで暴れないでね」

とりあえず忠告するけれど、文乃にそんな心配は無用だろう。それより、周囲みんなが下着姿とはいえ、一人だけパンツのみというのは、さぞかし不安に違いない。

「……大丈夫？　あの子たちの事、怒ってない？」

「………………大丈夫です」

本当だろうか。視線を下に向けたままの返事を、珠理は、あまり真に受けられなかった。

放課後になった。図書室を覗いてみる。今日は文乃の姿がない。このところ、毎日のように片隅でタブレットを触っていたのに。

「やっぱり、昼間のあれがショックだったんじゃ……」

女の子だけしかいない環境では、下着や裸を見られる事に抵抗がない子も多い。けれど全員ではないし、文乃はかなり苦手な方だろう。珠理のマンションで素直に裸になったのは、失恋で自暴自棄になっていたからと考えるのが自然。

「……さすがに心配しすぎかしら」

胸を丸ごと見られたわけじゃない。内気な子だから、動揺した様子が大袈裟に見えただけ、とも考えられる。

「やめやめ。本当にトラウマになるくらいなら、私に甘えに来るでしょ」

文乃は、ああ見えて意外に大胆。同性に告白したり、自分から愛撫を求めたり。どちらかといえば、思い込んだ時に歯止めが利かなくなるタイプだろうか。

「もし泣きついてきたら、キスくらいはサービスしてあげましょ」

そうと決まれば、仕事の続きをしなくては。

保健室に戻った珠里は、パソコンで今日の身体測定データの整理を始めた。でもキーボードを叩く指は鈍く、たいして進まないうちに止まってしまう。

「……ちょっとは様子を見た方がいいのかな」

彼女がダメージを負っていないと、どうして珠理に決めつける事ができるだろう。本人に確かめないうちは不確定。モヤモヤを抱えているくらいなら会いに行けばいい。というか、確認しないと自分の方が安心できない。

作業を中断し、文乃のクラスに行ってみる事にした。図書室にいなかったので可能性は低いけど、ひとまずの納得さえ得られれば、無駄足にはならないだろう。

帰る生徒たちと挨拶を交わしながら、彼女の教室の前を通り過ぎる。ちらりと覗いた限り中にはいないようだ。鞄が残る机もあるけど、彼女のものかは分からない。

残っている生徒に尋ねようとして、思い留まる。保健医が文乃に何の用なのか、言い訳を用意していなかった。後ろめたい罪状を抱えているだけに、変に勘繰られるような行為は厳に慎まなければ。

「仕方ない……。また明日にするしかないか」

そもそも、部活をやっていない彼女が残っているはずがなかった。諦め半分で溜息を吐く。それでも一応はと思い、校内をひと回りしてから保健室に引き上げる事にした。

「そういえば、まだ見てない場所が結構あったわね」

この際だから見学しておこう。珠理は、白衣の裾をなびかせ、スリッパをペタペタ鳴らして廊下を進んだ。さっきまでは焦り気味の足取りだったけど、文乃が帰宅した可能性が高くなった今は、急ぐ理由がない。

この女子校は現在、ひと学年にふたクラス。昔はもっと多かったらしく、空き部屋がいくつもある。それらには鍵がかかっていて、生徒の出入りは難しい。屋上も、ソーラーパネルがあるので立ち入り禁止。

文乃の姿を見つけられないまま、保健室や図書室もある特別教室棟へ戻る。その途中、二階の渡り廊下から、校舎の側面に手すりが見えた。

「非常階段か……。そういえば、廊下の突き当りは非常口になっていたっけ」

どちらかでも避難できるよう、両サイドにドアがある。今学期はまだ避難訓練が実施されていないので、全然意識していなかった。

珠理は少し考え、特別教室棟二階の、日陰側のドアを開いた。

「…………あ」

声を上げたのは、文乃。二階と三階の間に座り、タブレットを膝に載せている。

「こんなところにいたのね。捜したんだから」

発見した安心感が先に立ち、珠理は、彼女が何に戸惑っているのか気にもせずに階段を上がった。

「捜したって、わたしをですか？」

「他に誰がいるっていうのよ。今のところ、ここではあなたが一番のお友達なんだから」

皮肉と本音を織り交ぜて、苦笑い。走ったわけでもないのに疲労感を覚え、彼女の右隣に腰を下ろす。場所は空けてくれたけど、どういうわけか、身体を斜めにして距離を取ろうとした。その態度にちょっと傷つく。

「聞いてもいいかしら。それで何をしているの？」

彼女のタブレットを指差すと、図らずも画面が目に入った。

（募集要項……何とかノベル大賞？）

珠理に見られたのに気づき、慌てた文乃が抱え込むようにして隠す。さすがに無断で覗き見はよくなかった。

「ごめんなさい。でも、そうねぇ……。あなたの専属ケア係としては、お悩みの内容を知っておく責任があるわね」

彼女の「お願い」を逆手に取って、自白を要求する。もちろん冗談だし、クライアント様には拒否権がある。無理強いするつもりなんて、これっぽっちもない。そもそも珠理が知りたいのは、秘密ではなく、心の健康状態。

「………誰にも、言いませんか？」

意外な事に、彼女は拒まなかった。シルバーの板状の機械で口元を隠し、恥ずかしそうな視線を足元に落とす。

「教えてくれるの？」

「…………先生、だけにならい。他の人には言わないでください。担任の先生にも……」

「うーん、約束はできないわね。公序良俗に反する内容だったら、学園に報告しないと」

ちらっと見えた内容から、そんな心配は無用だと分かっている。これも小粋なジョークのつもりだったけど、教員が言ったのでは洒落にならない。当然、文乃はぷいっと横を向いてしまった。

「じゃあ言いません」

「ウソウソ、冗談。誰にも言わないから教えて」

慌てた珠理は、ウインクしながら両手を合わせ、お願いポーズ。咄嗟《とっさ》にとはいえ、我ながら軽薄すぎるだろうと内心で焦る。

じっと、文乃が探るような目で見てきた。珠理も、誠意を見せようと視線を合わせる。時間が止まったように三十秒ほど見詰め合い、彼女は、渋々という態度を取りつつも、タブレットを手渡してくれた。

「……小説の公募？　守本さん、小説家になるの？」

「小説っていってもラノベですけど。……ご存じですか、ライトノベル」

「若い人向けの本でしょ。それくらいは知ってるわ」

その説明の仕方だと自分が若くないみたいで、ちょっとばかり微妙な気持ちになる。でも、その手の本は読んだ事がないので、感覚的に縁遠いのは仕方がない。

「もしかして、図書室で重ねてた本って、これ用の資料？」

頷いた少女の目は、しかし、夢に向かっているとは思えないほど沈んでいる。

「書き始めたはいいんですけど……調べものをしたら、わたしの知識が間違いばかりだったんです。お話の根幹にかかわる部分だから、それに合わせて構成し直そうと思ったら、全部グチャグチャになって、成り立たなくなっちゃって……」

あいにく珠理は物語を書いた経験がないので、その悩みは具体的にイメージできない。それより身体検査の件は大丈夫そうで、そちらだけでも、ひとまず胸を撫で下ろす。

「それで……落ち込んでたところで、あんな事があって……もう、やる気が……」

早計だった。やっぱり大丈夫じゃなかったらしい。ただ、文乃にとっては小説の方が大問題で、胸を見られかけたのは、落ち込むきっかけのひとつに過ぎない。それが分かっただけでも、珠理の懸念材料が減ったと言える。

「あ、でも締め切りはまだ先みたいよ。書き直す時間はあるんじゃない？」

「もう無理です。あのお話だって、一生懸命考えたのに……」

抱えた膝に顔を埋《うず》めてしまった。すぐに落ち込む困った子だと、珠理は、気休めに髪を撫でようとした。

「………好きな事と好きな人を一緒に追いかけようとしたから、罰が当たったのかな」

その小さな呟きに、手が止まった。彼女は失恋したばかり。それだけでも気力を失うには十分すぎる。なのに、友達にブラを壊され、夢にも躓《つまず》きを覚えて。それぞれは小さな事象でも、本人にとっては不幸の連続。ネガティブになっても無理はない。元気を出せと言ったところで、今は心に響かないだろう。

珠理はタブレットを脇に置き、俯く少女を緩く抱き締めた。目を閉じて、ちょっと跳ねた癖っ毛に頬を当てる。

「……大丈夫よ。もし、それがあなたの本当にやりたい事なら、絶対にやめたりしないと思う。今は駄目だと思っても、絶対に、また書きたい気持ちになるから」

「……それ、先生の経験？」

顔を伏せたままの文乃の声は、半信半疑。珠理は苦笑し、髪を撫でた。

「私じゃなくて、友達。前に付き合ってた人。ミュージカルの夢を親に反対されて、一度は断念したんだけど、どうしても諦めきれなくて、お金を貯めて海外に行っちゃったの」

「……その人とは、今でも？」

「ううん。その時に、お付き合いも終わりになったから。私、あの人の夢に負けて捨てられちゃったのよ」

文乃が、弾かれたように顔を上げた。夢が云々という話より、珠理が「捨てられた」のが信じられない様子で、目を真ん丸に見開く。まさかそちらに反応するとは思わなかったので、少し戸惑いながら話を続ける。

「ま、まあ……そんな人もいるって話。でも、辛くても頑張れるのが、本当に好きな事、やりたい事だと思うの。だから、気持ちが落ち着いたら、自分の心に聞いてみなさい」

「……うん」

再び、文乃が顔を伏せる。彼女からも腕を回してくる。少しは励ましが伝わったみたいだ。落ち着いた様子の少女の仕種に、でも、今度は珠理の方が冷静さを失う。

（やばい……可愛い……！）

文乃みたいな真面目な女の子に甘えられて、ときめかないわけがない。意識したら、彼女の柔らかさや、髪の匂いにまで過敏になって、胸の鼓動が急加速する。

周囲の音が、聞こえなくなった。二人の間で、彼女の静かな吐息が響くだけ。そのリズムに合わせるように、珠理の唇が疼き始める。

（……キス、したくなっちゃった）

最初は彼女から求めてきたのだし、拒まないだろう。頬を優しく撫で、意図を伝える。少女が、無言で顔を上げた。顔を近づけても嫌がる素振りは見せない。思考が鈍り、自分を見詰める瞳に吸い寄せられていく。

（……ん？）

でも唇が触れる寸前、お尻に何かが当たった。それは、脇に置いた文乃のタブレット。その硬い感触が、呆けていた頭を覚まさせた。

「あ、はいこれ。落としちゃいけないものね」

冷や汗を掻きながら返却する。まだ人が残っている学園内で、生徒とキスなんて危険すぎる。彼女も残念そうな顔をしたように見えたけど、さすがに自惚《うぬぼ》れすぎだろうか。

「そ、そんなわけだから頑張りなさい。じゃ、私は戻るから」

あんなに言葉を選んだつもりだったのに、結局は安易な励ましで立ち去る。でも、それで終わればまだよかった。

急ぎ足で保健室に駆け戻る。周囲に誰もいない事を確認し、鍵を閉めた。そして、ふらつきながらベッドに腰を下ろす。問題は、珠理の身体を疼かせる欲情の残り火。身体の中心を悩ませる淫らな疼きをなだめるように、キュッと閉じた腿の間に両手を挟む。

「何で……こんなところで……」

珠理は知っていた。自分の性欲が、その程度でおとなしくなってくれない事を。だからといって、生徒を抱き締めたくらいで、こうもムズムズするなんて思いもよらない。

「はぁ……」

ごろんとベッドに倒れ込む。冷たい布団の感触が、頬に気持ちいい。それでも疼きは鎮まらない。むしろ、その柔らかさが文乃の身体を思い起こさせた。似ているかというと、断然否。なのに、抱きついてきた腕の感覚や、髪の甘い匂いまでが、生々しく甦《よみがえ》る。

もっとあの娘を抱き締めていたかった。キスすればよかった。後悔が、身体の隅々にまで欲情を行き渡らせていく。

「……ンッ！」

突然、鋭い快感が背筋を貫いた。いつの間にか、腿に挟んでいた手が脚の付け根近くにまで移動して、小指で中心を撫でている。自分の無意識の行動に愕然となる。そのくせ、股間に指を押しつける力は強くなるばかり。

「まずいでしょ、これ。でも……あんっ……」

生徒とのキスは駄目で、保健室オナニーなら大丈夫なわけがない。けれど、蕩《とろ》けるような気持ちよさが、珠理に躊躇を捨てさせた。

「ン……もうっ！」

悶えていても埒が明かない。ならいっそ、スッキリさせてしまった方がいい。ままならない自分の身体に憤り、横回転して仰向けになった。

「ん……！」

スカートの上から、股間を押さえる。さっきの不意打ちほどではないにせよ、無駄に悩んでいた時間の分、堪らない快感が腿や腰を痺れさせる。

「は……あ、あ……ンッ」

漏れそうな声を必死に飲み込み、鉤型に曲げた右手中指を、中央の溝にぐいぐいと押しつける。それでも所詮は布地越し。指と性器の間には、スカート、ストッキング、そして下着と、三重もの障壁が立ちはだかっている。

「だ、だから……直は駄目。ちょっと気持ちよくなれば、それでいいんだから……」

自分の指に言い聞かせる。なのに、意に反した左手が、スカートを手繰《たぐ》り寄せた。長い丈をものともせず、右手が内部に侵入しやすいところまで一気に捲り上げる。

「そ、それはまずいって……言ってる、のに……ふきゅッ」

制止するより早く、右手がストッキングの中に入り込んだ。何の躊躇も見せずに下着のゴムを潜り抜け、その勢いのまま、堪え性のない亀裂を擦って懲らしめる。

「はうっ!!」

鋭い悲鳴が静かな部屋に響いた。一瞬、焦りで凍りつくけど、そんなもので熱く火照った身体は止められない。右手を無事に目的地へと送り出した左手が、新たな役目を求めてシャツの上から乳房を鷲掴みにした。

「ん、あ……！」

布地ごととはいえ、十分なサイズを誇る膨らみは揉みやすい。軽く揉んだだけでも、ブラのカップに先端の突起が擦れて心地いい。

（守本、さん……）

快感の中、心で少女の名前を呟く。具体的な姿を思い浮かべた途端、お腹の深い部分が甘く疼いた。こんな感覚、いつ以来だろう。恋愛感情ではない、と思う。目下の性的興味が、彼女に向いているだけ。即物的な性欲解消の対象にするのは申し訳ないけど、妄想の中だけだからと謝罪して、陰唇を擦る速度を思いきり上げる。

「あ、う……んきゅっ」

声を我慢すると、どうしても欲求不満が溜まる。それを解放するために、珠理は、妄想の文乃と口づけた。少女の唇を思い出しながら、舌を伸ばす。

「はう……ん、んふ……ちゅっ」

舐めるように、絡めるように。わずかに覗かせた舌先が痺れ、本当にキスをしているような錯覚に陥る。それだけで、喘がなくても快感が背筋をくすぐってくれる。

（私、学園で何をしてるのよ）

頭の片隅の冷静な部分が呆れている。こんなところを目撃されたら、一発アウト。そんな事は分かっているけど、全身を苛《さいな》む欲情に逆らえない。

それにしても、最初からオナニーすると決めていたわけでもないのに、鍵を閉めた自分に心の中でグッジョブと親指を立てる。色欲で相当に頭が混乱しているようだ。

「だいたい……職場に、ベッドなんて好都合のものがあるから……悪い……んっ」

責任転嫁と呼ぶのもおこがましい。意志の弱さを環境のせいにして、ひとり遊びに没頭する。濡れた指でクリトリスを撫でる。シャツ越しに乳首を転がす。直接触る刺激に比べれば弱いけど、学園内と思うだけで、焦燥感が快感を増幅させる。

「は……だめ、だめ……もう……っ」

腰が落ち着かない。左右の膝が交互に屈伸する。最後にもう一押しと、妄想の文乃の口に思いきり舌を突き入れる。その瞬間、唇を擦るざらっとした舌表面の感触が、激しい快感となって背筋を一気に走り抜けた。

「え……？　こ、こんな事で……ふぁう、あ、あ……はぅぅぅッ！」

あまりにも不意に襲った絶頂感で、全身が硬直する。必死に声を押し殺し、乳房を思いきり握り締め、右手の指も、陰核を圧し潰すように激しく強張る。

「ん、ん、んぐ……はぁ～……」

徐々に、力を抜いていく。ベッドに脚を投げ出して、胸を上下させながら、荒くなった息を整えようとする。

『お呼び出しを申し上げます。保健の白城先生。大至急、職員室まで来てください。繰り返します。保健の白城先生――』

「わぁ!?」

と思った次の瞬間、いきなり放送で名前を呼ばれた。びっくりして急に飛び起き、逆に息を詰まらせる。心臓も飛び出す勢いでドキドキと激しく脈打つ。

「な、なに……？」

快感の余韻なんてどこかに吹き飛び、うろたえる。というか、あまりにもタイミングが良すぎないだろうか。

「まさか……見られてたっていうの⁉」

この部屋のどこかに隠しカメラが。上下左右に首を巡らし、それらしいものを探してしまう。馬鹿馬鹿しいと分かっていても、悪さをした後では不安が払拭しきれない。

「ど、どうしよう……」

呼び出された以上は行かなくては。深呼吸し、動揺を押さえ込む。スリッパを履いて、鍵を開けて、平静を装い廊下を進む。

職員室は、教室棟の一階。渡り廊下を歩く間も、不安が頭の中をぐるぐる回る。こんな事なら家まで我慢すればよかった、いやきっと大丈夫だと、数分の間に思考が堂々巡り。

職員室の扉は開いていた。中では、まだ何人もの教員が仕事中。

「お……お呼びでしょうか？」

そういえば、誰が自分を呼んだのだろう。とりあえず、一番手前にいたベテランの女性英語教師に声をかける。

「あー、はいはい。教頭先生ぇー。白城先生、いらっしゃいましたよぉ」

「あー、ごくろうさーん」

教頭は、この学園には珍しい初老の男性。何かのプリントを見ていた彼は、そこから目を上げ手招きした。普段は優しいだけに、どんな叱責が待っているのか見当もつかない。

「白城先生、いつなら都合がいい？」

「はいっ！　…………はい？」

何の都合だろう。職員会議にでもかけられるんだろうか。絶望感で、裁判の日取りを聞かれたようにしか受け取れない。

「教頭。白城先生が困ってますよ。ちゃんと順序だてて話してくださいって、いつも言ってるじゃないですか」

おばさん英語教師が、苦笑で教頭をたしなめる。事情を掴めない珠理は、二人の顔を交互に見比べるだけ。

「ああ、すまん。えーっとね、歓迎会をやるから、空いている日を教えて欲しいんだ」

「あ……ああ、そういうお話ですか」

お叱りの割に緊張感がないなとは思っていたけど、まさか、そんな理由だったなんて。安心したら、急に肩から力が抜けた。というか、むしろ安堵しすぎて、それが大至急の用事なのかと呆れたくらい。

「えーっと……金曜日なら大丈夫です」

さっきまでの殊勝な気持ちも、クビへの不安さえ忘れて、気楽に答える。

(悩みが持続しないのが、私のいいところよね。……それとも、駄目なところかしら?)

保健室への帰り道も足取り軽く、そんなお気楽自己分析をする余裕さえあった。職員室に行く時とは正反対。あんなに気が重かったのが嘘のようだ。

「ただいまー♪」

鼻歌交じりに、自分の城の扉を開ける。でも次の瞬間。

「ぅわあっ!?」

ベッドに女の子が寝ころんでいた。うつ伏せで、枕に顔を埋めて。保健室なのだから出入りは自由なのだけど、緊張から解放された直後で気が緩んでいた。

「……なんだ、守本さんか。びっくりさせないで」

驚いたのは珠理の都合。当然、彼女には何の責任もないので、理不尽な抗議に動じた様子も見せず、それどころか微動だにしなかった。せっかくなので、無防備に放り出された女子校生の生足を遠目に堪能させてもらう。

「寝てるわけじゃないんでしょ?」

珠理が後ろ手で扉を閉めると、彼女はようやく、ゆっくりと、気だるげに振り返った。

「……気分でも悪いの?」

さっきの非常階段での様子を思い出し、心配になった。でも彼女は、目蓋を閉じて静かに首を振る。そして、再び枕に顔を押し当てた。かと思ったら、今度は胎児のように身体を丸め、布団を口元に当てながら左右にコロコロ転がり始める。

寝ている分には構わないので、仕事に戻ろうかと思った。でも、さすがに行動が不審すぎて、せっかく座った椅子から立ち上がる。

「……何してるの？」

「……先生の匂い、嗅いでるの」

文乃は動きを止め、布団で顔を半分隠し、うっとりした瞳で珠理を見上げた。この子は何を言っているんだろうと首を傾げた、その瞬間、電撃に打たれたように理解した。

「――‼」

悩みが持続しないのは、やっぱり長所とは限らないみたいだ。どうしてすぐに思い出さなかったんだろう。だってそこは、ほんの十分前、珠理が自分を慰めていたベッド。

（いや待って、慌てないで。さっきも、ひとりエッチを知られたなんていうのは思い込みだったじゃない。この娘があれを知ってるわけが……）

必死に平静を取り戻し、そして素知らぬふりで、彼女の言わんとするところを、改めて確かめようとする。

「先生、ここでオナニーしてたから」

その前に、いきなり決定的な言葉を浴びせられた。まるでハンマーで頭を殴られたかのような衝撃。いっそ、それで都合の悪い記憶を消し飛ばして欲しかった。

「な、何の事かしら……」

「だって、先生のエッチな時の匂いがする。……ていうか、わたし見てたし」

「そんなはずないわ！　ちゃんと鍵をかけていたもの！　………あ」

語るに落ちるとは、まさにこの事。口を滑らせただけなら、まだ取り繕う余地もあったかもしれない。けれど「しまった」なんて顔をした後では、もう手遅れ。

「見てたって……どうやって……」

「窓の鍵、開いてました」

目眩《めまい》を起こした。扉ばかりに気を取られ、窓は完全に失念していた。その迂闊《うかつ》さの方がショックで、オナニーを見られた恥ずかしさも吹き飛んでしまう。

「でも、どうして窓から……。あ、そっか」

彼女がいた非常階段から教室に戻る際、保健室の前は通り道になる。別に不自然でも何でもなかった。それにしても、覗いていたのが文乃だったのは不幸中の幸い。もし別の誰かだったら、クビ宣告の想像が現実になっていたところだ。

「先生、気をつけないとダメだよ？」

身体を起こして女の子座りになった文乃が、小首を傾げながら苦言を呈した。

（どの口が言うのよ。自分もここでキスとかおねだりしてきたくせに）

なんて反発を覚えなくもないけれど、残念ながら、今は口答えできる立場じゃない。素直に「分かりました」と頭を下げるしかなかった。

「じゃ、ご忠告いただいたお礼にコーヒーでもご馳走するわ。それとも紅茶派？」

本当はもっと種類が欲しいけど、現状は二択のみ。しかし、彼女は静かに首を振った。

「お礼っていうなら……別の事をお願いしてもいい？」

ポットに伸ばした手を止め、振り返る。心なしか彼女の声が弾んでいて、瞳も妙に輝いて、それは本来なら喜ばしい事のはずなのに、嫌な予感しかしない。

（またエッチなおねだりかしら。まぁ……キスくらいなら許容範囲？）

落ち込んで澱《よど》ませているよりは何倍もいいけれど、ベッドに手を突いた前のめりの姿勢が、珠理の予感を補強する。

「で、今度は何をお望み？」

逆に、思いきり顔を近づけ尋ねる。すると文乃はほんのり頬を染め、斜め下を向いてしまった。大胆な事を考えたくせに、いざとなると引っ込み思案になる、いつものサイン。それでも彼女は、自分に言い聞かせるように強く頷いた。

「先生、あの……。せ……先生のオナニー、小説に書いていいですか⁉」

「……………は？」

「先生のを見てたら、急に思い浮かんだんです。普段は普通の保健医なんだけど、本当は世界を守る魔術師で、ライバルとの戦いで呪いをかけられて、魔法を使うたびに欲情してひとりエッチしないといけないっていう設定で。その呪いを解くために、女の子を次々に手籠《てご》めにしていくっていうお話です。ダメですか⁉」

「ダメ」

普段の無口が嘘のように、一気にまくし立てられた。いきなりだったし呆気に取られて半分も理解できない。しかし、要所要所で聞こえたキーワードがろくでもないものだったので、検討するまでもなく却下した。

「何でですかぁ」

不許可がよほど心外だったのか、文乃は、心底不満そうに眉を下げた。彼女にとっては新たに見つけた光明かもしれないけれど、そんなものを世に出されても困る。

「お願い。先生がモデルだって、分からないようにしますから」

「その事実があるだけで嫌よっ。ていうか、あなた、私をどんな目で見てるの⁉」

淫乱魔術師のモデルなんて、珠理の方こそ心外。創作へのバイタリティがあるのは確認できたし、今回は諦めてもらって、別の構想をお願いしよう。

「むー」

唇を尖らせて、拗《す》ねた顔が可愛い。いつまでも眺めていたいのを我慢して、今度こそ仕事に戻ろうとする。しかし、彼女はまさかの次の矢を繰り出してきた。

「分かりました。諦めます。その代わり……」

文乃がひと呼吸置く。彼女が何を言うのか警戒し、生唾を飲み込む。

「先生のオナニー、見せてください！」

また、くらっと目眩を起こした。静かな口調で、想像以上の突拍子もない要求に。

「ふ……ふざけているなら怒るわよ！」

我に返るまで、たっぷり十秒。当然、そんなものはお断り。

「ふざけてません。大真面目です」

とてもそうとは思えない。反対されたから困らせようとしているようにしか見えない。

「見せてください。でないと、先生が保健室でオナニーしてたって言いふらします。学園の掲示板に書き込みます」

「またぁ!?」

しかも彼女は、引き下がらないどころか再び脅迫してきた。学園内でしていた自分が悪いのは間違いないけど、こうも弱みを握られるなんて。

だからといって、簡単に屈するわけにはいかない。

「根拠のない噂なんて、誰も信用しないと思うけど」

でも当然、学園側も噂は把握する。そうなれば、一度は事情を聞かれるだろう。否定するのは簡単だ。証拠がないのだから。ただし、その噂話は生徒たちの中に流布し、残留するだろう。いやらしい保健医という目で見る子が出てくるのは避けられないし、何かしらの尾ひれがつく事もありえないとは言いきれない。

その程度の想像は容易《ようい》にできる。黙り込んだ文乃の目も、そう訴えかけている。

「オナニー見せてくれたら、今日の事は黙ってあげます」

「それって選択の余地ないじゃない。こっちはコーヒーか紅茶か選ばせてあげたのに！」

弱気なくせに強情な少女に手を焼き、訳の分からない理屈で抗議する。こんな事なら、小説のモデルくらい承諾しておけばよかった。

（今からでも許可する？　う～ん、でも……生徒に性的な話を書かせていいのかしら）

それはそれで葛藤がある。迷っていたら、文乃が拗ねたようにそっぽを向いた。

「先生、わたしのケアしてくれるって言いました」

それは、ワガママを全て許すという意味じゃない。でも、たしなめようとして気がついた。ケアして欲しいなら、彼女も珠理が学園を追われるような展開は望んでいないはず。

やっと理解できた。この子は、困らせようとしているのではなく、甘えているだけ。理不尽な要求をしてくるのも、それなりに独占欲が働いているから。

（それはそれで、悪い気はしないわね）

求められる喜びに心の余裕を取り戻した珠理は、彼女の隣に腰を下ろした。二人分の重みでベッドが軋《きし》む。

「……オナニー見せたら、あなたの気持ちが癒やされるの？」

耳元で囁くと、ただでさえ桃色だった彼女の顔が、一気にリンゴ色まで濃くなった。本当は、小説のモデルになる方が害はない。でも、この少女がどんな顔で珠理の自慰を見るのか、想像したら、そちらに興味が湧いてきた。

文乃が、息を呑んで珠理を見詰める。戸惑いと驚きが、瞳の色に現れている。

「……本気に、見せてくれるんですか？」

「お礼をするって言ったのは、私だもの」

言いながら、ストッキングと下着をするすると脱いだ。ただし、誰かが来た時に備えてスカートだけは残しておく。準備を整え、彼女が見やすいように仰向けになる。しかし当の依頼主はといえば、急に珠理がやる気になったものだから、逆に困惑している様子。

「あのね、私だって恥ずかしいんだから。そんなに緊張されるより、いやらしい気分でいてくれた方が、よっぽどやりやすいわ」

「う、うん……」

目を閉じる。文乃が息を呑む気配を感じる。彼女とは裸を見せ合い、キスもエッチもした仲なのに、それとは別種の恥ずかしさで身体が竦む。だいたい、女の子経験を重ねた珠理とはいえ、自分でしているところを人に見せた事なんてない。

（この子……さっき見てたのよね）

それなら、迷っても仕方ない。覚悟を決め、スカートをたくし上げた。風を感じた秘部へ、羞恥が生まれる前に指を伸ばす。でも時間が経ってすっかり乾いていたので、一度指に唾をつけてから、再び恥裂を撫で上げる。

「………んっ」

息を呑んだのは、文乃の方だった。大人の性器に、どんな感想を抱いたんだろう。といっても、珠理も自分のものを見た事は、ほとんどなかった。容姿にはそれなりに自信のある珠理も、今、そこがどんな状態か把握していない。余裕ぶって始めてしまったけれど、急に不安になってきた。楽しみと思った文乃の反応まで怖くなって、薄目で様子を窺《うかが》う。

彼女は、目を輝かせていた。瞬きもせず一点を見詰め、熱中するあまり口も半開き。

「綺麗……」

たったひと言。溜息のような感想が、珠理の胸を揺さぶった。

「本当？　変じゃない？」

「全然、変じゃないです。何て言うか、バラの花びらみたいで……。薄ピンクで……。女の人って、こうなってるんですね……」

彼女も、こうしてマジマジと見るのは初めてなんだろう。一生懸命に言葉を探して、でも上手く表現できず、もどかしげ。そんな拙《つたな》い実況からでも、陰唇の形状は何となく推し量れた。亀裂の縁を飾る幾重もの襞が、脳裏に再現される。というか、自分の性器を思い浮かべるなんて、羞恥で頭が沸騰しそうだ。

「はぁ……わぁぁ……」

感嘆の声が、脚の間から連続して漏れる。彼女の舐めるような視線で、秘裂がウズウズ脈打ち始める。そういえば、初めて会った日、一緒に入浴した時にも、こんな感覚を覚えた。胸を見られていると思っただけで、肌が敏感に痺れたのを思い出す。

「ん……あ……っ！」

女性器から生まれた疼きが、服の内側を這い回る。全て脱ぎ捨てたくなる衝動に襲われる。我慢できなくなった珠理は、両手で淫唇を掻き毟《むし》った。もう見られる羞恥なんて関係ない。左手で亀裂を開き、右手の指を全部使って、襞も粘膜も思いきり撫でまくる。

「は、あっ。ん……はぁう！」

腰が左右に捩じられる。お尻が何度も浮き上がる。これまでのオナニーでは感じた事のない快感パルスが背筋を駆け上る。

(す、凄い……。こんなの初めて……！)

ここがどこかも忘れ、珠理は自慰に夢中になった。ブラの内側で尖った乳首が、こっちも触れと訴えてくるけど、構ってあげられる余裕がない。

「ん、ん、あっ。凄……く、感じて……きゅふうぅぅっ」

「せ、先生ぇ……」

熱に浮かされたような声が聞こえた。快感の涙で濡れた目を開くと、正座した文乃が腿の間に手を挟み、切なそうに身を捩っている。気持ちは痛いほどよく分かる。今すぐにでも彼女を押し倒し、その身体を貪りたい。

それでも、自慰の快感に苛まれながらも、欲求を懸命に自制した。

文乃自身も言った通り、珠理の役目は彼女のケア。傷ついた心を癒やすまでの関係。自分が楽しむ事までは約束していない。

「先生、わたし……」

ほんの数秒、考え事をしただけなのに、それすら待ちきれなくなったらしい。文乃が涙を浮かべている。言葉にしなくても、触って欲しいと瞳で叫んでいる。

「いらっしゃい……」

欲情に悶える性器には少し待ってもらい、珠理は、誘うように手を伸ばした。倒れ込んできた彼女を抱きとめ、ブレザーを肩から剥《は》ぐ。すると彼女は、自分からブラウスまで脱いでしまった。そこまでするつもりはなかったのに、なんて躊躇していたら、背中にまで手を回す。そしてブラを、昼間に珠理が直したホックを、プチンと外してしまった。

「ちょ……待ちなさい。それまで取っちゃったら……！」

何のために珠理が脱衣を我慢したのか分からない。でも、両の目に、ふたつのピンク色が飛び込んで、制止の言葉を呑み込んだ。

白く慎ましやかな膨らみと、ぷっくり膨れた愛らしい蕾《つぼみ》。大好物を前にして、自制心が麻痺をする。それを見透かしたように、膝立ちになった文乃が珠理の頭を抱え込んだ。浅い谷間に顔が埋められ、乳房の柔らかさと少女の匂いが心地よすぎて意識が朦朧《もうろう》となる。

「………ぺろっ」

「ひゃうんっ」

思わず小山の麓を舐めたら、少女が短い悲鳴を上げた。囁くようなその声は、珠理の頭の中をぐらぐら揺るがし、一瞬にして我慢の限界を突破させた。

「はぁ……！」

「せ、せんせ……ふぁあぁあっ」

首筋に吸いついただけで、少女の細い身体が痙攣する。震える手に肩を掴まれるのを感じながら、耳朶を甘《あま》噛《が》みする。

「ひ、ひ……きひッ」

甲高い喘ぎが堪らない。無意識に愛撫を阻止しようとしてなのか、彼女の開いた脚が、珠理の腰を挟み込む。無論、そんな控えめな抵抗で止められるはずもなく、耳朶を唇で食《は》みながら、左の乳首をきつめに摘み上げる。

「ひゃっ!?　せ、先生っ。乳首、痛……痛い……けど、けど……はぅン！」

「気持ちいいのね？」

「きゅ、きゅふぅぅ……」

分かりきっている事を、声に出して確認する。意地悪な質問をされて、肩を竦めた文乃の目から涙が溢れる。その仕種に胸が締めつけられるほどときめいた珠理は、衝動のまま口づけようとした。

（……と、いけない）

この前は、求められたからキスした。でも珠理からするのは事情が違う。こんなにエッチな事をしておいて、今さらという気持ちも否めないけど、この少女の何もかもを自由にしてはいけないと、自分を戒める。

そんな珠理の葛藤をよそに、文乃が物欲しそうに唇を開閉させる。そして、おそらく無意識に、その口元をぺろりと舐めた。

「……欲しいの？」

珠理が自分の唇を指差すと、彼女は恥ずかしそうに視線を逸らす。でも、それではキスしてもらえないと悟り、最小限の動きで頷いた。

「いいわ、いっぱいキスしてあげる。でも、私はあなたのカノジョじゃない。この関係は失恋中の今だけ。それを忘れないで」

珠理は、文乃と、そして自分に言い聞かせた。それをどう受け取ったのか、彼女は少し複雑な表情。でも最初の約束通りだし、変な事は言っていないはず。

文乃は無言で目蓋を閉じると、唇を差し出した。珠理はそれを、小鳥のように繰り返し軽く啄《ついば》む。チュッと音がするたびに、彼女の身体が小さく弾むのが可愛らしい。しばらくその様子を楽しんだ後、不意打ちで舌を挿し込んだ。

「はむっ⁉」

いきなりの変化に対応しきれず、文乃の背中が強張った。彼女も慌てて応じようとするけれど、珠理の指に乳首を摘み上げられて、舌先が硬直する。珠理の舌は、それを舐め回すようにクルクルと螺旋を描く。

「やだ、先生、意地悪しないで…………はみゅっ」

泣き言を言いながら、それでも彼女は必死に追いすがった。濡れ舌同士が擦れ合うと、珠理も堪らなく気持ちいい。甘美な痺れに背筋が粟立ち、つい乳首苛めがおろそかになる。キスの快感で朦朧となる頭に鞭打ち、指で捻り上げた。

「ふみゅうぅぅぅッ！」

口を塞がれながら、文乃が背中を反らす。もう一方の乳首が白衣に擦れて、さらに彼女を身悶えさせる。珠理は、脱力して尻もちをつく少女の背中を支えると、いったん身体を起こした。そして左手で制服のスカートを軽く跳ね上げ、下着に触れる。

「守本さん」

「……きゅうん」

見下ろしながら呼びかけると、彼女はキスの中断に不満を示し、仔犬のようにか細く鳴いた。それでもお尻を浮かせる少女に、珠理は目を細めてしまう。

スカートの中から、白い布地を引っ張り出す。その中心部分が濡れているのを見逃さない。掌に収まるくらいに丸くなったそれを、珠理は白衣のポケットに突っ込んだ。

「せ、先生っ。それどうするつもり……………はぁぁうっ！」

「ちゃんと返すわよ。あなたのここを触診してからね」

言うより早く、珠理は彼女の秘裂を擦っていた。掌を上に向け、中指の腹で探るように逆撫でする。閉じようとする膝は左手で押し返し、濡れ具合と、そして感度を調査する。

「あらあら。これは相当なお漏らしね。ほら聞こえる？　すごくクチュクチュ音がする。そんなにキスが気持ちよかった？」

「ひ、ひぁっ、んきゅっ！」

「これは診察ですよー。ちゃんと答えてくれないと困りますよー」

「そ、そんな事……言われても……ひゃ、あ、んあ、ひぃぃン」

指先でくすぐっているだけなのに、文乃はちゃんと答えてくれない。ぷるぷると裸の胸を揺らし、身悶えするばかり。お医者さんごっこに付き合ってくれない罰として、陰核をピンと指で弾き飛ばした。

「ひぃぃぃぃぃッ!?」

でも調子に乗りすぎた。想定をはるかに超えた声量の悲鳴が、室内に響き渡る。焦った珠理は即座にキスで口を塞いだ。彼女も腕を回してしがみつき、夢中で舌を貪ってくる。

「んあ、あふっ。せんせ……あぷっ」

「ま、待って守本さ……ン、んぱっ、んむッ」

陰核弾きでスイッチが入ったように、文乃の舌が口腔内を舐め回す。あまりの激しさに珠理の方が追いつかないほど。二人で悶えているうちに、彼女が上からかぶりつく格好になった。流し込まれる唾液に興奮し、舌を思いきり吸引する。

「ふみゅっ、ンッ、んきゅぅぅっ」

それで軽く達したのか、強張った文乃の腕が首を絞めつけてくる。一瞬酸欠状態になったけど、それでも珠理は指を止めなかった。濡れ陰唇に振動を与え、淫裂から際限なく溢れる少女の恥蜜を弾き飛ばす。

「ひはっ、あひっ、ひぃッ」

意味不明の喘ぎが細切れに漏れる。軽くとはいえ、絶頂直後の淫裂を容赦なく嬲られ、膝立ちの少女が覆い被さってくる。眼前で、小振りな乳房がぷるんと揺れる。その頂点の桃色突起に、珠理は思わず首を伸ばして食いついた。

「ひあぁぁん！」

歯を立て、転がし、吸い上げる。小柄な身体が痙攣する。そのたびに少女の秘裂も脈打

って、淫蜜を吐き出した。それは脚線を伝って流れ落ち、シーツに染みを作る。

「しぇんせい……しぇんせ、りゃめっ。そんな……あっちこっち……りゃめぇぇっ」

何を訴えているのか分からない。なので、珠理は枕に背中を預け、暴れる少女のお尻を押さえ込み、乳首を吸いながら淫裂を嬲りまくる。

「りゃめっ。本当に……もう、わたし……もうッ！」

少女の腕が首から離れ、シーツに指を食い込ませる。珠理は陰核を素早く弾いて彼女を快感の頂点へと一気に飛ばす。

「ダメッ、だめだめ……りゃめぇぇぇぇっ‼」

グッと、文乃の全身に力が入った。自分の声に驚いたのか、左手の甲を口元に押し当てて懸命に喘ぎを抑え、ただでさえ白い喉から血の気が引くほど首を仰け反らせる。

「ふ……は……。あ、あ、あ……」

緩んだ唇から、涎《よだれ》が一筋、細い糸を引いて落ちる。珠理は、それを愛撫のご褒美として舌で受け取った。でも、雫が舌に触れた途端、たったそれだけの事で背筋に悦びが走り、軽い絶頂に達してしまう。

(そういえば、オナニーを見せるだけだったのに……)

今さらそんな事を思い出しながら、崩れ落ちてくる少女の身体を受け止めた。

第三章　昔の話をしてあげる

「あん……ちゅ、ちゅぱ……ちゅるン」

まだ、生徒が登校するには早すぎる時間。静寂に包まれた学園の片隅で、卑猥《ひわい》な水音が小さく響く。

「せんせ……あ、ん……ちゅ、ちゅるぅっ」

文乃は椅子に座った珠理の腿に跨がり、首にしっかり抱きついて、唇をぐいぐい押しつけてくる。背後の机で背もたれを支えていなければ、倒れてしまいそうになる勢い。舌を使う事にもすっかり慣れて、最初の頃のぎごちなさは微塵《みじん》も感じさせない。

「守本さんの舌、やらしい……。そんなに私とのキスが気に入っちゃった？」

卑猥な舌使いを褒めると、少女は上目遣いにはにかんだ。そして再び舌を伸ばし、珠理の口腔内を跳ね回る。あまりの激しさに「う……」と呻《うめ》いてしまうけど、彼女はそれが嬉しいらしく、さらに強く舌を絡みつけてきた。

（あぁ……気持ちいい……）

エッチそのものも、もちろん好き。だけど、女の子とのキスは珠理を夢見心地にさせてくれる。柔らかい身体を抱き締め、甘い匂いに包まれて、唇と舌の快感に酔い痴れる事ができるなんて、これ以上の幸せがあるだろうか。

ただ、今は完全に受け身の状態。ここ最近、彼女は毎日のように放課後キスを求めに来た。それだけでは飽き足らず、朝もキスをしたいとワガママなおねだり。

拒む選択肢もあったはず。それでもこうして応じているのは、彼女の心に不安定さを感じてしまうから。時に大胆な行動を見せるけど、クラスメイトとの会話を見る限り、誰に対してもではないのは明らか。今は、対象が珠理というだけにすぎない。

こうしてキスに溺れる姿を見ていても、だからこそ、雨に濡れて泣く、あの日の姿が頭から離れない。何かあれば簡単に心が折れてしまう、危うさを抱えた少女。それを受け止めるのが本当に自分でいいのか、迷いが、ずっとつきまとっている。でも――。

「先生とキスすると、頑張れる気がするから」

なんて言われたら、やっぱり期待に応えてしまいたくなる。これが保健医の性《さが》なのか、それとも単純なだけなのか、自分での評価は避けたいところ。

とはいえ、やはり生徒と淫らな行為をしている後ろめたさは払拭しきれない。カーテンを閉めきり朝日を遮断しているのも、単に人目につくのを避けるだけでなく、そんな心理の現れかもしれない。

「先生……」

いつの間にか、文乃の動きが変わっていた。珠理の手を取り、自分の胸に押しつける。

キスだけでは飽き足らず、愛撫まで欲しいみたいだ。仔猫のような丸い目で見上げ、小首を傾げながら、無言で「いいでしょ？」とおねだりしてくる。

心が揺れる。彼女の快感に乱れる姿もまた、妖しく珠理を搦め捕る。

「だーめ。今日はここまで」

そろそろ他の教師や生徒が来る。学園が賑やかになり始める時間。肩を掴んで突き放すと、文乃は寂しさと不服の混じり合った表情で眉を曇らせた。

「そんな顔をしても駄目。誰かに見られたら、このケアは即終了になっちゃうのよ？」

彼女も、それは心得ているはず。それでもまだ未練がましく抱きついてきた。胸に頬を押しつけて、珠理の心を揺るがせる。

「……あんまり私を困らせないで」

苦笑し、再び少女を引き剥がす。すると、向き合った彼女が、驚いたように目を見開いていた。何がそんなに意外なのか分からず、珠理も「ん？」と首を傾げる。彼女は、黙って珠理の腿から降りた。そして丁寧に頭を下げると、静かに保健室から出て行った。

「……ちょっと冷たかったかしら」

つれなくしたつもりはないけれど、人一倍繊細な文乃に、言葉選びは慎重であるべき。

「……子供扱いしすぎかな」

ひとりで首を振った。文乃だって恋も失恋も経験した女の子だというのに、年齢差のせいで、つい大人ぶってしまう。ただ、彼女の危うさは別のところにあるような気がして、でもそれが何かまでは、今の珠理には分からなかった。

数日後の週末。帰り際、司書の神木先生に、飲みに誘われた。

「先週、歓迎会を開いていただいたばかりなのに……」

「いいの。わたしが飲みたいんだから」

まさか二週連続でお酒とは。といっても今日は二人だけ。彼女とは、学園の外で顔を合わせた事がない。先週の飲み会は仕事の延長のようなものなので、私的な会合はこれが初めてと言っていい。

しかし急なお声がけだったため、珠理には根本的な不都合があった。

「私、車通勤なので飲めませんよ？」

「あれ、そうだっけ？　でも歓迎会では飲んでたよね？」

「それは、あらかじめ飲むと分かっていたので」

それなら次の機会にしましょう、と言うのかと思ったら、神木先生はそれでも構わないからと、珠理を行きつけの居酒屋に連れ込んだ。そして座敷席に着くなり、壁一面に貼られたメニューを次々指差す。

「ここはお料理も美味しいの。お薦めは、焼き鳥とか油淋鶏《ユーリンチー》とか……まあ鶏料理ね」

「は、はぁ……」

普段から意外に強引なところがある人だけど、今日は一段と珠理を振り回す。とりあえず彼女はビール、珠理はウーロン茶。そして、無難に焼き鳥の盛り合わせと、つまみを数点注文した。

「それでは、白城先生の着任を歓迎して、かんぱーい。んぐ。ぐびぐび……ぷはーっ。すいませーん、ビールおかわりー」

いきなり大ジョッキを空けるハイペース。お酒は、珠理も少しは嗜むけれど、こんな飲み方はしないので、呆気に取られながらウーロン茶をチビチビ啜る。

「あー、わたしの事、呑兵衛《のんべえ》だと思ったでしょ」

「いえ、豪快だなーって」

まだ一杯目なのに絡み酒でもないだろうけど、面倒くさそうな予感に苦笑い。

「でも、今日はご機嫌ですね。何かいい事があったんですか？」

「………そう見える？」

急に、神木先生のトーンが下がった。おかわりのジョッキを掴んで目を据わらせる。ご機嫌が、不機嫌に急降下。

「何かあったんですか？」

「大ありよぉ」

二杯目のビールをぐびっと喉に流す。これは長くなりそうだと覚悟して、珠理も焼き鳥でスタミナを補充する。

「先週ね、土曜日に友達と集まったのよ。学生時代の親友五人で」

つまり歓迎会の翌日。先週は、ずいぶんと予定を詰めていたようだ。

「中には十年ぶりくらいの人もいてね。楽しかったのよ、途中までは」

「はぁ……」

ケンカでもしたのかな、などと追加注文した唐揚げを口にしながら想像を巡らせる。

「そうしたら、わたし以外の全員、彼氏か旦那持ちだったのよ！　その彼氏っていうのも結婚間近とか言い出すし。そりゃ、おめでとうって言ったわよ、社交辞令として。でも、これが何を意味するか分かる？　そうなの、わたしだけ独り身だったのよ！」

見ると、ビール瓶が彼女の周りで半ダースも転がっていた。絡み酒より、いつそんなに飲んだんだという驚きの方が先に立つ。

「みんな友達だから何も言わなかったけど、きっと見下してたわ。この歳になってもお独り様なんて、何て可哀想なのかしらって」

「そんな事ないと思いますよ。出会いも結婚も、縁とかタイミングだって言いますし」

神木先生のコップにビールを注ぎながら慰める。でも、彼女の機嫌は直らない。

「白城先生、友達少ないでしょ。女同士なんてね、所詮はマウントの取り合いなのよ」

しれっと失礼な事を言われた気がするけれど、友達の数を聞かれたら、確かに多くはない。人を選ぶ嗜好《しこう》のせいで、なかなか心を開けなかったから。

「あなたはまだ若いから分からないでしょうけど、縁やタイミングなんてものに期待してたら、一生出会いなんかやってこないのっ。あー、男欲しいー。男紹介してよぉ」

ついにテーブルに突っ伏して呻き始めた。

もちろん珠理だって恋人は欲しい。けれど、こんなに泣くほど男性を求める気持ちは、心のどこを探しても芽生えてこなかった。


保健の先生も、たまには教壇に立つ事がある。健康や性教育が、主な内容。

「男女の身体の仕組みについては、もう勉強していると思うので、今日は、みなさんを取り巻く性に関する環境についてお話ししたいと思います」

今時、雑誌やネットで、セックスに関する情報は簡単に手に入る。でも、それらが正確なものとは限らない。デマやフィクションを鵜呑みにしては危険なので、そこを矯正するのが珠理の役目。

「SNSでの出会いも、安易に求めないでくださいね。自分は大丈夫と思っているかもしれませんが、実際、それで泣きを見ている人はたくさんいます」

通り一遍だなぁと思わなくもない。実際、見渡す生徒たちの顔には、若干の退屈の色。

こういった授業は、まだ片手の指で足りる回数の経験しかない。数をこなしていけば、彼女たちの興味を引ける言葉も織り交ぜていけるのだろうかと、資料を眺めながら考える。

ちらっと、目を上げた。一番後ろの席に、文乃の姿。先日の態度を気にしている様子はないけれど、かといって、授業に前向きというわけでもない。真面目に、淡々と、要点をノートに筆記するだけ。

(大好きな白城先生のお話だから一生懸命聞かなくちゃ、とか思ってくれないのかしら)

珠理の方から親密な関係を知られないようにと言ったくせに、こうも冷静な態度を取られると、それはそれで腹立たしい。

そのせいか、教室内の三十人ほどの女生徒たちにも、疑いの目を向けてしまう。

(このうちの何人かは、もう男と関係済み……なんだろうなぁ)

女の子をこよなく愛する珠理的には、もったいないという感情しか湧いてこない。だからなのか、話が妊娠や病気の危険に及ぶと、急に力が入った。

「望まない妊娠は、女性の心理的身体的負担が、極めて大きいものです。子供を作るなと言っているのではありません。養育できる環境と金銭的な裏付けが必要なんです」

少女たちに正しい道を力説する。珠理的に正しいのは女の子同士だけど、それはひとまず横に置く。とはいえ、昨今の性事情として、ＬＧＢＴについても避けられない。

(時間、足りないなぁ。今学期中に、もう一回時間を取ってもらえるかしら)

一応、予定していた時間配分通り。しかし、あえて時間が余るように設定しておいた。

「先生はぁー、恋人とかいるんですかぁ？」

ほら来たと、心の中でほくそ笑んだ。その質問は想定済み。相手をする時間も、計算の中に入れておいたのだ。

「もちろん過去にはいたわよ。現在はぁ……個人情報なのでお答えできませーん」

「あーっ、これはいるなぁ!?」

「さて、どっちでしょー」

きゃあきゃあと、生徒たちが一斉に沸き立つ。でも残念ながら正解はフリー。文乃との関係はカウンセリングのようなものなので、恋人遍歴にはカウントしない。

「じゃあさ、じゃあさ、妊娠するような経験はしてるんですかぁ？」

今度は、別の生徒が鼻息荒く手を挙げた。つまり、男性経験はあるのかとお尋ねなわけだ。答えは、もちろんノー。

「何でもっと立ち入った話になるのよぉ。恋人のあるなしも言ってないのにぃ」

失礼な質問だけど、笑いに転化すれば正面から答える必要はない。ここでムキになって怒ったりすると、彼女たちの機嫌を損ねて、からかいの対象になりかねない。

（かといって、変に迎合すると、それはそれで厄介な事になるのよね……）

自分が学生だった頃を思い出し、生徒とは適切な距離感を測る。仕事に就く前、そんな事を漠然と考えていたけれど、実践すると綱渡りをしている気分だ。

(だいたい何で私に男の事を聞くのよ⁉　まったくの対象外でお門違いよ‼)

そんな事情を彼女たちが知るわけもないのに、理解不足に腹が立つ。

ちょうど、そこでチャイムが鳴った。とりあえず乗りきれたと安堵して、資料とノートをまとめ、教室から退出する。その時、忘れ物を確認するふりをして、文乃の様子を窺った。ずっと無表情だったけど、最後で少しは楽しんでもらえただろうと思って。

「……あら」

残念な事ながら表情は窺えなかった。彼女は、窓の方を向いていたから。まるで、珠理と目を合わせるのを拒むように。


その日の放課後は、珍しくお客さんが多かった。急に生理が始まってしまった子や、部活で擦り傷を作った子など。

「はい、これで大丈夫。女の子なんだから、お肌は大事になさい」

「えー、若いからすぐ治りますよぉ」

バレー部員の腕に包帯を巻いて、ついでにお説教したら、当人だけでなく付き添いの子たちにもケラケラと笑われた。悪気がなさそうな分、余計に腹が立つ。

「今は平気でも、大人になったら気をつけなさい」

「それって、先生のお肌が曲がり角って事？」

珠理は、笑顔でこめかみを引き攣らせた。年齢的な先入観で喋っているだけと分かっていても、挑発されているみたいで愉快ではない。

「私はきちんとお手入れしているから、曲がり角が来るとしても、まだ先ね」

「それなら先生の彼氏も安心ね！」

バレー少女たちが、ニヤニヤと含みのある笑みを見せる。どうしてここで男の話が出るんだと思ったら、今日の保健の授業を引きずっているらしい。

(私にお付き合いしている人がいるって思い込んでるのか。独り身で悪かったわね)

心の中で舌を出す。けれど客観的に見れば、結婚を前提とした相手がいても不思議ではない年齢。愚痴をもらした神木先生の気持ちが、少し理解できた。

「はいはい。いつまでもサボってないで早く部活に戻りなさい。顧問の先生に怒られても知らないわよ？」

「やばいっ。急ごう！」

バレー部顧問の体育教師は、学園一恐いと評判。その怒声を思い出した彼女たちは、泡を食って走り去った。手当てのお礼ぐらいしていけと言う暇もなかったけれど、追い払ったのは自分なので仕方がない。

「やれやれ……」

どうやら、今ので来訪者もひと段落したみたいだ。保健室に静寂が戻ったので、包帯の残りを片付け、使用した薬や生徒をパソコンに記録し、こちらも作業をひと区切り。

「さて、コーヒーでも……うわっ⁉」

保健室の開け放たれた扉に、少女が立っていた。いつからそこにいたのか、静かに佇《たたず》んで、廊下の彼方《かなた》を見詰めている。

「守本さんか。びっくりさせないでよ」

文乃は答えず、小鳥のような足取りで、彼女の定位置になったベッドに腰かけた。

「せっかく先生が忠告してくれたのに、どうしてちゃんと聞かないのかな」

「今の子たち？　まあ、相手のためと思っても、理解してもらうまでには時間がかかる事もあるから。それに、擦り傷を嫌がっているようでは強くなれないでしょ」

文乃が代わりに憤ってくれたおかげで、逆に苛立《いらだ》ちが治まった。でも、バレー部員の肩を持つ言い方になったせいで、今度は彼女を不機嫌な顔にさせてしまった。口に出さなくても「せっかく先生の味方をしたのに」という不満が尖り気味の唇に現れている。

（またお姫様のご機嫌取りか）

珠理にとって、それは嫌な作業ではなかった。むしろ、こんな子ほど攻略のしがいがあって楽しい。拗ねる文乃をどうやってなだめるか、考えるだけで心が弾んでくる。

（やっぱり、私って、守本さんを子供扱いしてるのかしら）

　でもその解答は、胸に収まりが悪い。問題を同時に複数解くのは面倒だし、まずは機嫌を直してもらうのを優先するべき。キスで忘れさせるか、それとも、あえて突き放すか。選択肢に迷っていたら、文乃の方が先手を取った。

「先生って……彼氏、いるんですか？」

「どうして？」

　聞き返すまでもなかった。女生徒たちはみんな、珠理のそんな存在に興味津々だったのだから。でも、だからといって、文乃がそれを気にする必要があるんだろうか。

「どっちだと思う？」

　試しにちょっと意地悪をしてみる。思わぬ質問返しに、文乃は軽く動揺を見せた。慌てたように視線を外し、軽く握った手を口元に当てて考え込む。

「…………いないって、思うけど……」

「けど？」

「前に、付き合ってた人の話、してたから……」

「……ああ、あれね」

　小説家の夢に挫けて落ち込んだ彼女を励ますため、海外に行った友達の話をした。

「先生って、今まで何人と付き合ったの？　その中に男の人はいたの？」

　聞きたい事を口にして躊躇がなくなったのか、文乃はベッドに手を突いた前傾姿勢で、堰《せき》を切ったように質問を浴びせてきた。室内とはいえ数メートルの距離があるのに、その必死さに気圧される。椅子の背もたれが、ギシッと軋みを上げるほどに。

「だ、男性はゼロよ。何人かっていうのは、どう数えるかによって変わるんだけど……」

「数え方が変わるような付き合い方ってあるの⁉」

文乃の目が見開かれる。恋人経験皆無の純真な少女には、理解が難しいかもしれない。

「私と守本さんは、告白してお付き合いを始めたわけじゃないでしょ？　そういう感じ」

一番身近なところにいい例えがあったと、指を立てて説明したら、彼女の目が軽蔑の色を含んで据わった。

「先生って……どれだけの人を弄《もてあそ》んできたんですか？」

「人聞きが悪いわねっ。別に変な付き合い方はしてないわ。普通よ、普通」

「普通……」

前のめりだった文乃は、ぺたりと女の子座りに。最初は大人しいだけと思っていた彼女も、こうしてみると意外に感情の起伏が激しい。それにしても、今度は何が気に入らなかったんだろうか。自分の言葉を反芻《はんすう》して考えてみる。

「私、守本さんの事を弄んでる？　割と誠実に対応してきたつもりなんだけど……」

首を傾げて尋ねると、彼女は、ハッと申し訳なさそうな顔になった。どうやら、そこは本心からの言葉だったわけではなさそうだ。

「……そんなに、私の昔の恋人が気になるの？」

「き、気になるっていうか……その……。この前、困らせないでって言ってたから……」

いつ、そんな事を言っただろう。ぼんやりした記憶を辿り、直近でそれらしいシチュエーションを探り出す。

（ああ、朝キスの時か）

あれは、単にエッチをする時間的余裕はないという意味。でも彼女は、その言葉の裏に別の人物の存在を感じ取ってしまったみたいだ。恋人の手前、文乃ばかりに構ってはいられないと、そのように解釈したんだろう。

（深読みもいいところだけど……道理で、あの時、変な顔をしてると思ったわ）

仮に、本当に珠理に恋人がいたとしても、文乃には関わりのない事。彼女の失恋の痛手を癒やすため、次の恋が見つかるまでの、一時しのぎの関係にすぎないのだから。

胸の奥で、小さな針が刺さったような痛みを感じた。反射的にそこから目を逸らすように、声を張り上げ彼女に抱きついた。

「んもー、そんなに私を気に入ったの？　知りもしない人に嫉妬しちゃうくらいに？」

「そ、そんなんじゃ……ありません……」

語尾は小さくなるし、困惑を隠しきれないように視線を泳ががして、嘘を吐いているのがバレバレ。それでも、嫉妬は言いすぎだった。本当に、ちょっとだけ気になっただけかもしれないのだから。

（それでもいいかな……）

このところ、妙に男関係の話が多くて辟易《へきえき》していたところ。この女の子が、自分の過去に焼餅を焼いてくれた。それだけで救われたような気持ちになる。

「最近、素っ気なくしすぎちゃったから……」

立ち上がって扉に鍵を閉め、ベッドを囲むカーテンを閉める。何を始めるつもりか察した少女は、前触れもなく訪れた緊張と期待で、唇を固く結んだ。真っ直ぐに伸ばした背筋は、まるでペットの犬がご主人様に「待て」を命令されているかのよう。

スプリングを軋ませてベッドに上がる。四つん這いで顔を近づけると、少女が喉を鳴らして生唾を飲み込んだ。

「もう何回もエッチしたのに、まだ緊張してるの？」

クスリと笑って、口づける。舌のノックで、唇を開くように催促する。文乃は慌てて口を開き、珠理を迎え入れた。

「あぁ……先生……」

目を閉じ、喘ぎながら、少女が呟く。その愛らしい姿に胸が高鳴るけれど、同時に、痛みも覚えた。文乃に「先生」と呼ばれるたび、どうしても意識せずにはいられない。

自分は教職で、彼女は生徒なのだという事を。

（それを忘れちゃ駄目）

少しの罪悪感と、それ以上の興奮が、熱い衝動となって身体の中を駆け巡る。珠理は伸ばした脚に文乃を乗せ、両腕で横抱きにした。上向いた唇を覆うように口づけて、口腔内を思いきり掻き回す。

「んむっ⁉　ん、んぁ……ふぁぁぁ……」

腿の上で、小柄な肢体が強張った。直後に彼女も首にしがみつき、お返しのように舌を捻じ込んでくる。週末を挟んでの、数日ぶりのキス。たったそれだけの間隔で、唇がどれだけの欲求を溜めこんでいたのか、思い知らされる。

少女の唇を啄み、舌に吸いつき、舐める。舌同士の甘美な摩擦で、全身が心地いい痺れに包まれる。失恋ケアで癒やされているのは彼女だけじゃない。珠理の劣情も、この触れ合いでどれだけ解消されている事か。なのに、この前は、忙しいという理由だけで、愛撫を欲しがる少女を追い払ってしまった。

「今日は、いっぱいサービスしてあげる……」

お詫びのつもりで、胸に手を伸ばす。すると、膨らみに触れたところで、そっと重ねた手に阻まれた。

「きょ、今日は……わたしが先生にしたいの。いつも、してもらってばかりだから……」

「そんな事、気にしなくていいのに」

遠慮は口先だけ。むしろ、望外の申し出に早くも胸を弾ませていた。別に上手じゃなくていい。絶頂できなくても構わない。少女の初々しい愛撫を想像しただけで心が躍る。お礼の前払いとしてチュッと口づけ、仰向けに横たわった。どうとでも自由にしてくださいと、目を閉じて文乃の攻撃を待つ。

それから数十秒。一向に触ってくる気配がない。片目を開けて様子を窺う。すると文乃は、珠理の身体を見下ろして手をこまねいているだけ。

「まさか……やり方が分からないの？」

「ど、どこから触ればいいのか……」

申し訳なさそうに、文乃が眉を下げた。彼女だって、オナニーの経験はそれなりにあるはず。それに、さんざん珠理に嬲られてきたのだから、それを真似ればいいだけの事。けれど受け身ばかりで積極的に愛撫してこなかったので、手順に戸惑っている。

珠理は身体を起こし、彼女の手を取って胸を触らせた。

「ほら、大丈夫でしょ。同じ女の身体なんだから、怖がらなくて大丈夫」

手を重ね、乳房を揉む。指に必要以上の力が入って食い込んでくる。これが直にだったら痛かったかもしれないけれど、幸い、服とブラのガードが緩和してくれた。

「もっと優しく。自分を触る時を思い出して……」

頷く文乃の顔は、硬い。指もカチカチに固まったまま。ここまで緊張していた娘は、過去の恋人にもいなかった気がする。彼女の心を開かせる攻略戦に加えて教育する楽しみもあるなんて、滅多にないお得感。

しかし、自慰経験があるだけに、数分もするといい感じにこなれてきた。頃合いと見た珠理は、服とブラを捲り上げ、直接、乳房を触らせる。

「はぁ……」

掌に包まれた瞬間、思わずうっとり溜息を吐いた。それに勇気づけられたように、少女の指が動き出す。まだ動きは単調ながら、両乳房を揉みほぐされるだけで、温かい悦びが全身に広がっていく。そのくせ乳首を摘まれると、鋭い快感に肩を竦めてしまう。

「ンっ！　そう……いい感じ……。気持ちいい……」

思わず呻いてしまったので、文乃を驚かさないように快感を告げる。彼女は安心して愛撫を続行。指の動きにも変化をつけて、蠢くように膨らみに食い込ませる。

「こんな感じ？」

「うん、そう……。その調子……っ」

若干ながら自信をつけ始めた文乃が、顔を覗き込んでくる。珠理も初めは演技が入っていたけど、本当に感じてきた。背筋がむず痒くなって、じっとしていられない。

胸愛撫は及第点。そうなれば次は下半身。彼女が夢中になっている間に、珠理はストッキングとパンツを脱いで枕の下に押し込み、ついでにスカートも放り出す。明らかに快感で警戒心が緩んでいるけど、もっと文乃と戯れたい欲求に勝てなかった。

「今度は、女性器について勉強しましょう」

脚をM字に開き、性器を両手で隠す。我ながら卑猥な格好で顔から火が出るほど恥ずかしい。けれど文乃の眼が輝くのを見ると、堪らない昂《たかぶ》りに身体を支配されてしまう。

「前に、その……アレで見せてあげたでしょ。今日はもう少し詳しく教えてあげる」

アレとは、もちろんオナニー鑑賞サービス。そんな事を口にするなんて、どれだけ興奮しているんだと自分に呆れる。それでも、彼女の息を呑む音に操られ、ゆっくりと手をずらして秘裂を公開する。

「は……あぁ……」

彼女が珠理のそこを見るのは二回目。同性が恋愛対象となると興味の持ち方も性的になるのか、まるで初めてのように熱い息を漏らした。

「外側が大陰唇《だいいんしん》、内側の襞々が小陰唇《しょういんしん》。陰唇の内側の粘膜が膣前庭で、ふたつある穴の、後ろが膣口《ちつこう》、前の小さいのが……えっと、おしっこするところね」

ひとつひとつ説明するたび、文乃は頷き、唾を飲み込み、距離を詰めてきた。彼女だって大まかな構造くらいは知っているはず。それでも、他人の性器を直に、それもこんな間近で見る機会なんてないので、興奮を隠しきれずにいる。

(あ、あれ……？)

秘部が、妖しく疼き始めた。まじまじと見詰める彼女の視線に、直に撫でられているかのように。それに比例し、珠理の中で羞恥が大きく膨れ上がる。そこを見られるなんて、とっくに慣れっこ。それなのに、身体が震えて、もう一秒だって耐えられない。

「も、もう説明はおしまいね」

「え、まだ……」

だらしなく開いていた脚をぱたんと閉める。急に授業が打ち切られ、文乃が驚き顔を上げる。その目が咎《とが》めているように見えて、さらに及び腰になった。後ずさりする珠理を、彼女が慌てて追いかける。でもシーツの滑りが悪くて、二十センチも動かないうちに仰向けに倒れてしまった。

「きゃっ⁉」

「ま、まだ授業は終わってませんっ」

この機を逃がすまいとするように、文乃が全体重で覆い被さってきた。脚の間に陣取って、震える声で膝をこじ開け、性器に手を伸ばしてくる。

「復習です。ここが……大陰唇で、こっちが、小陰唇……」

「そ、そうっ。そうだから離れてっ」

文乃は動かない。それどころか、陰唇の内側に指を滑り込ませてきた。

「ええっと……あれ、あれ？」

しかし、ちゃんと目視していないものだから、性器の中で迷子になってしまう。膣口を探してところ構わず触りまくり、それが結果的に、珠理を嬲る激しい愛撫になった。

「待って、順番が……そんなメチャクチャに……ンぁぁっ！」

淫唇をくすぐられ、お尻が強張る。全身が震える。出鱈目《でたらめ》な探索の中、彼女の指は未開のスポットに辿り着いた。

「先生、ここ、硬いです。ここは何ですか？」

「そ、そこは……クリトリス……ひぃッ」

知っているくせにと思っても、律義に答えてしまう。当然、そこを攻めてくるものと思って身構えたら、彼女は再び膣口探しに戻ってしまった。期待を外す思わぬ焦らしに、身悶えずにいられない。

「あ、あっ……。守本さん、やめ……んぁっ」

「先生、ちゃんと教えてください。どうすればいいんですか？」

「そんな事、言われても……ふぁっ」

そうかと思えば、わざとやっているのかと思うほど、彼女は珠理のツボを突いてきた。陰核や膣口など、いかにもなポイントは外しているくせに、陰唇でしっかり感じさせせてくる。でも表情は、本当に戸惑っている様子。

「あ、ここ……」

「あっ……そ、そこぉっ！」

やっと膣口を見つけた文乃は、その小さな窪みを撫で始めた。目的地を発見して落ち着きを取り戻したのか、次第に珠理にされた事を思い出し、微細な振動を駆使し始める。

「ん、あ……ッ、んくっ」

内腿が強張るほどの快感に見舞われ、唇を噛んで喘ぎを飲み込む。初心者の慣れない愛撫に、どうしてこんなにも翻弄《ほんろう》されているのか自分でも分からない。初めてエッチした時だって、ここまで乱れなかったはず。

(私……こんなに受け身な事ってあったっけ)

自分が攻め手の時が多くて、身を任せた覚えがほとんどない。まさかの経験不足がこの有様なんだろうか。だとしても、こんな拙い愛撫で感じてしまうほど過敏じゃない。理由が分からないまま、反撃に転じたいのを我慢して、文乃のしたいようにさせてあげる。

「お……お願い……。その、穴ばっかりじゃなくて……違うとこ……」

「違うとこ……ここですね」

「はぁう⁉　そこじゃない……あ、あ、きゅふぅぅン」

クリトリスへの愛撫をお願いしたつもりだったのに、彼女は乳首を咥《くわ》え込んだ。生意気にも甘噛みで歯を立てて、コリコリと左右に転がす。痛みと紙一重の快感を与えた事はあっても、与えられたのは初めて。淫裂が尿意に似た快感を覚え、大量の果汁を絞り出す。

「あ、いっぱい……」

少女の何気ない呟きが、珠理にさらなる羞恥を与えた。とめどなく愛液が溢れ出て、あまりのぬめり具合に、文乃の指が再び膣口を見失う。しばらく探して見つけるのを諦めた彼女は、今度は陰唇にターゲットを変更し、細かく振動させ始めた。

「ひぃ、ひぃぃぃッ」

自分の口から、信じられないほど情けない悲鳴が漏れる。今までのセックスやオナニーと比べれば、お世辞にも上手とは言えない。快感だって特別に強いわけじゃない。それなのに、全身を覆い尽くす快感電流は止められない。

「ま、待って！　何か私……ああ、くる……きちゃう！」

突然、堪らないゾクゾクが背筋を走った。予感に震え中止を求める。けれど、文乃は初めての愛撫に没頭して聞こえていない。乳首を吸い、舌で転がし、大胆さを増した指で陰唇襞を嬲りまくる。

「待って、ホントに……ホントにきちゃう……っ！」

彼女の口の中で乳首が弾かれる。淫唇が激しく擦られる。上下で生まれた振動が体内で暴れ、頭まで一気に突き抜ける。

「ふぁッ、あ、あ……ンあぁぁぁッ!!」

背筋と脚が力んで伸びきる。肌という肌が甘美な痺れにくすぐられ、全身が感電したよ

うに硬直する。

「あ……ん、あ、ひぁっ……」

呂律《ろれつ》が回らない。絶頂で硬直した身体が、小魚のようにビクビクと跳ね上がる。

「せ、先生……わたし……」

最後まで導けるとは思わなかったんだろう。文乃が、絶頂痙攣に喘ぐ珠理を呆然《ぼうぜん》と見下ろしている。むしろ、こんな年下の少女の指で、いいように弄ばれた自分が恥ずかしかった。身体で感じた以上の何かが、絶頂感を何倍にも高めたとしか思えない。それをごまかそうとして、まだ痺れから回復できない腕で少女を抱き締める。

「よくできました。これだけ上手にできれば……」

髪を撫でながら「次の恋も大丈夫」と言いかけて、唇を閉じた。

「……本当？　わたし、上手だった？」

珠理は、無邪気に自分の出来栄えを心配していた文乃を抱き寄せた。そして絶頂のご褒美に、濃厚なキスを、舌が痺れるまでたっぷりと与えた。

新学期から一か月経ち、大型連休も開けた時の事だった。

「まだ片付いてなかったんですか⁉」

あの真面目で内気で人見知りな少女が、珍しく声を張り上げた。それも、多分に呆れ成分を含んで。

すっかり文乃の日課となった、放課後の保健室訪問。基本的に人がいない時を見計らってなので、キスこそ毎日のようにだけど、エッチはごく稀。今日は珍しく長居して、お喋りに興じていた。その中で、珠理の部屋に積まれていた段ボール箱に話が及び、現状もほとんど手つかずと口を滑らせたら、怒られてしまったのだ。

「こう見えて毎日忙しいのよ？　保健医って暇そう、なんていう生徒もいるけど」

「……………わたしの相手もしているから、ですか？」

急に文乃の眉が下がる。珠理は焦った。彼女を傷つけないように心がけ、最近は上手くやっていると自負していたので、油断した。

「そんなの忙しい中には入らないわ。私も結構いい思いをさせてもらっているしね」

それは本音なので、逆に気楽に言い訳できた。特に、後半を内緒話的に小声で囁きかけたら、むしろ気持ちが伝わりすぎて、文乃の顔が真っ赤になる。

「あ……あの、珠理先生！」

「あ、はいっ」

恥ずかしさを振り払うように、文乃が声を張る。さっきの呆れた感じとは違い、遠慮がちの中に決断のようなものを滲ませて。

この少女は、いつもそう。何かアクションを起こす時、自分を奮い立たせる必要があるみたいだ。他の人には簡単な事でも、彼女にとっては常に重大決心。さんざん頭の中で考えた挙句、いきなり声に出す。だからいつも唐突で、珠理にも緊張が伝染してしまう。

(守本さんに告白されたっていう先輩も、この勢いに押されてOKしちゃったのかな)

もしそうなら、失恋の原因の一端は文乃自身にもありそうだ。けれど、不確定な憶測でそれを告げたら、単なる人格否定になってしまう。

それに、さすがに珠理も慣れた。すぐに平静を取り戻し、余裕のある笑みを向ける。

「なぁに、守本さん」

「あの……先生の部屋の片付け、お手伝いしてもいいですか⁉」

まさか再び彼女を部屋に招くとは思わなかった。少し躊躇したものの、特に断る理由もなかったので、その場で了承。

そして次の土曜日、出かける準備をしていると、インターホンが鳴った。黒いパーカーと、ハイウエストのチェック柄スカートの文乃が、モニターに映っている。

「もう来たの？　迎えに行くって言ったのに」

「すみません。待ちきれなくて……」

部屋に上げると、彼女は、はにかみながら頬を染めた。まるで遠足を楽しみにしすぎた子供みたいだ。でも室内を見回した途端、先日以上の呆れ顔が復活する。

「……珠理先生って、もっとちゃんとしてる人だと思ってました」

「……そうかしら」

文乃が指差したのは、段ボール箱ではなかった。窓際に洗濯物がずらりとぶら下がり、部屋の角には衣類と買い物袋が重なる。ベッドの上も、パジャマ代わりのタンクトップや短パンが無造作に放り出され、小さな丸テーブルなんて化粧品が雑然と転がる有様。

「え、ちょっと……幻滅したみたいな目で見ないでっ。これは守本さんが約束より早く来たからで……出かける前に片付けるつもりだったのよっ」

だいたい、女の一人暮らしなんてこんなもの。とはいえ、部屋に女の子を連れ込む機会もめっきり減って、だらしなくなっていたのは事実。

「みんな、珠理先生の事、素敵な女性だと思ってるんですから」

「……確かに守本さんの言う通りね。これを機に生活を見直すわ」

反省したら、文乃はにっこり微笑んでくれた。どうやら、彼女に嫌われるのだけは回避できたみたいだ。

そんなわけで、文乃の手を借り、大掃除が始まった。もっとも、彼女が言うほど散らかっていたわけではないので簡単に終わり、主目的の段ボールに取りかかる。

「ほとんど服じゃないですか。不便はないんですか？」

「気に入ったのをすぐ買っちゃうから、あんまり困らないかなぁ」

「……無駄遣いは感心しませんよ」

「はい、すみません……」

軽い気持ちで招いたのに、こんなに文乃に責められるなんて。しかし反省するよりも、ずいぶん言うようになったものだと、そっちの方に感心してしまう。

「そっちの箱は本関係だから、適当に棚に並べておいて」

文乃は頷き、一冊一冊、丁寧に取り出していく。

しばらく、無言の時間が続いた。互いに背を向け、作業の音だけが部屋を支配する。でも、それすら聞こえなくなっている事に気がついた。

「…………ない」

ぽつりと文乃が呟く。どうしたんだろうと振り返ったら、彼女は整理をするどころか、本関係の荷物をひっくり返して何かを探していた。

「ど、どうしたの守本さんっ⁉」

「え……あっ！」

珠理の声に、慌てて片付けるふりを始めた。でも、しっかり見た後で取り繕われたところで、逆に困ってしまう。彼女もすぐに諦め、肩を竦めて正座した。

「んー……。もしかして、今日うちに来たのって、それが目的？」

図星だったのか、びくんと少女の肩が強張る。そして、ぽろぽろと涙を零し始めた。

「あ、あらら⁉　待って待ってっ。怒ってるわけじゃないから！」

私物を物色していたわけだから、もちろん咎めるべきなんだろう。だけど、それよりも彼女の探し物の方が気になって、怒りの感情が湧いてこない。軽く肩に手を置いて、泣きじゃくる少女を必死になだめる。

「私を困らせようとした？」

ぶるぶると髪がなびくほど首を横に振った文乃は、自分が散らかした本を横目で見て、力なく項垂《うなだ》れた。

「……珠理先生が……お付き合いしてたのって……どんな人だろうって……」

「私の？　それを知りたかったの？」

文乃は小さく頷いて、さらに深く顔を伏せた。

「前にそんな話が出てから、ずっと気になって……。先生のおうちに行けると思ったら、どうしても調べたくなって……」

「もー。だからって、勝手に人のものを見たらダメでしょ」

「ご、ごめんなさい……」

コツンと、触れる程度のげんこつを与える。罰はそれで終わり。ちゃんと理由を述べて謝罪できた子を、それ以上は責める必要はない。それに、このところ明るく接してくれるようになっていたのに、元の無口少女には戻したくなかった。

珠理は苦笑いで溜息を吐き、そして、スマホからそれらしい写真を探した。文乃はアルバムか写真立てでも探していたんだろうけど、あいにく思い出はこの中のみ。

「でも、あんまり見せられるものってないのよ。なるべく残さないようにしてたから」

「………どうして？」

文乃が、戸惑いながら顔を上げた。その疑問はごもっとも。あらかた片付けも終わったので、珠理はベッドに腰かけ、一枚のツーショット写真を表示した。学生時代、小柄なツインテール少女と海に行った時のものだ。

「この人が、先生の恋人？」

「の、一人。前にも言ったけど、色んな付き合い方してて……。全部で五人、かな」

指折り数えて、意外にいたなと驚いた。もっと少ないと思っていたほどだ。

「全員、私の方から声をかけたの。もちろん、女の子が女の子を誘うんだから、この人なら大丈夫そうって観察してからね。それは、分かるでしょ？」

文乃が頷く。勢い任せのところがある彼女も、告白した時は、女性同士である事を強烈《きょうれつ》に意識していたはず。

「女の子って、同性にも抵抗がない娘も意外に多くて、告白の成功率は低くなかったわ。でもね……本気の娘は、一人もいなかった」

「一人も？」

文乃が不思議そうに首を傾げる。そのあどけない表情に、一瞬、彼女たちとの日々が脳裏をよぎった。感傷的になったわけではないけれど、やっぱり、後悔のようなものが心の底にわだかまる。

「そ、一人も。みんな興味本位だったのね。女の子同士って、どんな感じなんだろうっていうお試し感覚。一番長くて、一年弱くらいかな。私だけ本気で、でもそれを知られるのが恥ずかしくて、サヨナラの時も平気なふりをして。で、その繰り返し」

「じゃあ……」

「正式に恋人と呼べる人って、今までいなかったのよ。恥ずかしながら」

珠理は気まずくて、髪を指にくるくる巻きつけた。

「女性経験は確かに豊富なんだけど……不器用な恋愛しかしてないの。なのに、守本さんに先輩面なんかして……。ンもう、だから話したくなかったのにぃ」

冗談めかして苦情を述べる。でも真面目な少女は、肩を震わせ俯いてしまった。

「ご、ごめんなさい……。わたし、先生の事を知りたいって、それだけだったのに……」

「ちょっとちょっと、そんな深刻に捉えないで」

辛くないと言ったら嘘が混じるけど、付き合っている間は本当に楽しかった。

「だから、守本さんが泣く必要なんてないの。むしろ話せてよかったわ。今まで誰にも言えなかったから」

「でも先生、わたしも……」

少女が顔を上げた。濡れた瞳が、赤い。自分も同じと言いたいんだろう。確かに、文乃も本気の恋人じゃない。その点では、過去のみんなと変わりはない。

「じゃあさ、こうしない？　どっちが先に本気の恋人を見つけるか競争。で、負けた方は何でもひとつ、勝った方の言う事を聞く。どう？」

「何ですかそれ……」

文乃をなだめるための、咄嗟の出まかせ。でも、微笑んで「分かりました」と言ってくれたので、今はこれでいい事にした。

「続きはまたの機会にね。残りのお片付けを済ませちゃいましょう」

珠理がパンと手を打って、作業に戻る。文乃も頷いて、自分が散らかした本を棚に並べていく。それでも、気まずさは残留し、二人とも言葉少なに黙々と手を動かす。

(まいったなぁ。変な空気になっちゃった)

明日から文乃が保健室に来なくなったらどうしよう。そんな心配をしながら、珠理が食器類を整理していると。

「………あ」

再び文乃が、ごくごく小さな驚きの声を上げた。今度は何だろうと、彼女が開けた最後の箱を覗き込む。

「ああ、足りないと思ったら、こんなところに入っていたのね」

その中は、ぎっしりと詰め込まれた、色とりどりの下着類だった。赤や紫、ピンクにレモン色と、基本的に派手な色が多い。女性同士なのに、はしゃぐどころか恥ずかしがるのが文乃らしい。

「そうだ！　守本さん、片付けはもういいから、少し遊ばない？」


等身大の姿見の中で、文乃が戸惑う。身に着けているのは、黒に近い濃紺の下着のみ。細かな刺繍《ししゅう》が施され、いかにも大人のランジェリー。箱の中から彼女のサイズに合いそうなものを選んで、着せ替え遊びとしゃれこんだ。

「これは、学生の時、大人の下着に憧れて買ったものなの。どうかしら」

「ど、どうって言われても……恥ずかしいです……」

文乃の肩に手を乗せて、顔を近づける。お互い身体の隅々まで見た仲なのに、慣れない下着にモジモジと身体を捻るばかり。それでも女の子の本能は偽れない。鏡を見詰める彼女の目は、遠慮がちではあるにせよ、生き生きと輝いている。

「よく似合ってるわよ」

問題があるとすれば、胸の膨らみとカップの間に、結構な隙間がある事だろう。発展途上だった数年前の珠理よりも、文乃の方がさらに控えめだったのは予想外。

「で……でも、先生の方が素敵です」

「そう？　ありがとう」

鏡越しに微笑む珠理が着ているのは、コレクションの中でも派手さと色気で抜きんでているワインレッド。文乃のものとデザインが似ているのは、同じブランドだから。

「こうしてお揃いの下着で並んでいると、姉妹みたいじゃない？」

「姉妹って、下着の見せっこなんてするんですか？　わたし、一人っ子だから……」

珠理も兄弟姉妹はいない。単なるイメージでいいのに、リアルな家族構成で考えるなんて、どこまでも真面目な女の子だ。

「他にも着たいものがあれば自由にしていいわよ。……どうしたの？」

文乃の様子がおかしい。パンツの前で両手を重ね、しきりに内腿を擦り合わせる。発熱したように顔も赤らみ、表情も呆け気味。この反応でピンとこない珠理ではない。

「……興奮しちゃったんだ。自分の格好を見て？　それとも、私の下着姿で？」

言い当てられて、俯いた文乃の顔が一気にトマト色になった。耳まで美味しそうに綺麗に染まり、思わず、かぷりと甘噛みしてしまう。

「ひゃんっ⁉」

たったそれだけで、文乃はヘナヘナと床に崩れ落ちた。お尻をついてしゃがみ込む彼女を後ろから抱き締め、薄い爪の先で、左の脇腹をツーっとなぞる。

「ひぁンっ！　ひ……あ……」

早くも過敏になった少女の身体が、ピクピクと小刻みに跳ねる。面白いほど反応するので、今度は五指を使って右太腿の上に円を描いた。下着の線に沿って鼠径部をなぞり、奥まで行くと見せかけて、また腿に戻る。そして脇腹で遊んでいた左手は、ブラの下の隙間から、乳房の麓を軽く摘んで揉む。

「ふぁっ、あっ！　せ、先生……。珠理、先生ぇ……」

そんな生温い愛撫にも耐えられず、文乃は仰け反った頭を肩に乗せてきた。でもまだ序盤なのに、この程度でダウンしてもらっては困る。

「駄目、しっかり見なさい。自分のいやらしい顔を」

顎を掴んで正面を向かせた。鏡に映る、欲情した少女の姿を見せつける。イヤイヤと身体を振る彼女の口に、指を二本、突っ込んだ。

「……舐めて」

囁くと、文乃は、おずおずと舌を絡めてきた。そのくせ、指示しなくても、珠理の指を根本から先端まで、まんべんなく舐め回す。

「あ、ん……。ちゅ、ちゅぱ、じゅぷ、じゅるっ」

舌で舐めるだけでなく、唇を窄《すぼ》めてしゃぶったり吸ったり。目を閉じ、夢中で指に奉仕する。その間、珠理のもう一方の手は、彼女の緩いブラの隙間から侵入し、小振りな乳房を揉みしだいた。指で乳首を挟んで抓《つね》ると、彼女は「ンっ」と鋭く呻く。

「あは……。いやらしい顔してる。ほら」

耳を舐めるように囁きかける。目蓋を開いた少女は、鏡を見て身震いした。下着姿で開脚。紅潮した頬と、指を咥えた唇。それだけでも十分に淫靡《いんび》な光景なのに、口元から流れ落ちた大量の唾液が、泡立ちながら喉を伝い、胸元まで達している。それで身を竦めるかと思ったら、彼女は自分の痴態に興奮し、一層激しく舌を絡ませてきた。

「あ、あふ……ん、あ、あぷ、じゅるるっ」

目を閉じ、珠理の手に両手を添えて、唾液を夢中で塗りつける。そんな文乃を見ていたら、身体の中心が熱くなってきた。彼女の下着の底も、心なしか色が変わっているように見える。でも鏡越しではよく分からない。そろそろ直に確かめたい。

口から指を引き抜くと、想像以上に濃厚な糸を引いた。本当は、この潤滑油で彼女の秘部を掻き回す予定だったけど、テラテラと卑猥に光る粘液を舐めたい欲求に抗えない。

「あーむっ」

自分の指を咥え、纏わりつく唾液を舐め回した。さっきまで少女の口の中にあったそれは温かく、そして、鼻孔に抜ける匂いに目眩を起こす。喉に流すのは我慢して、分泌させた自分の唾液と、クチュクチュと音を立てて混ぜ合わせる。

「こっち見て。……舌、出して」

鏡の前で向かい合い、文乃の肩を掴んで膝立ちになった。彼女は女の子座りになって両手を床に突き、呆けた表情で、言われるままに舌を突き出す。珠理も舌を伸ばして、攪拌《かくはん》した唾液を流し落とした。

「ふわぁぁぁ……」

粘液が、一本の筋となって渡される。それが舌に触れた途端、文乃が震えた。まるで軽く達したように、腰が小さく前後に動く。しかし彼女はそれに耐え、贈り物をしっかりと口に収めた。そして同じく自分の唾液と混ぜ合わせ、今度はそれを珠理に返す。

「ふ……あっ」

彼女が震えた理由が分かった。粘液糸の先端が舌に触れると同時に、電流のような悦びが全身を駆け巡る。横目で鏡を窺うと、少女の舌先から唾液が流れ落ちる卑猥な光景。確かに、これだけで達してしまいそうに身体が昂る。

しかし、何度も唾液の交換をしているうちに、濃度が高くなりすぎた。文乃が待ってくれているのに、泡立つばかりで綺麗に流れてくれない。待ちきれなくなった彼女は、唇をぶつけるようにして吸いついてきた。

「はむっ⁉」

少女の急襲に、珠理の方が目を白黒させてしまう。でも戸惑いは一瞬。二人は膝立ちになって互いの腰を抱き寄せ合い、舌同士を絡みつかせた。口腔に溜まりに溜まった唾液がたちまち溢れる。ぐちゃぐちゃと卑猥な粘着音が、性欲を煽り立てる。

「はふ、あふ……んぷ、ぷぁ……っ」

呼吸をするのも、もどかしい。唇を、舌を、唾液を吸うたび、脚の間で欲情が脈打つ。相手を押し倒そうとするせめぎ合いが生まれ、身長のある珠理が勝負を制する。

「あんっ」

愛らしい悲鳴を上げ、文乃が倒れ込む。小柄な身体に伸し掛かり、さらに舌を押し込んで口腔を掻き回す。サイズの合わないブラから覗く乳房を揉みしだくと、彼女の両膝が、もがくように伸び縮みする。

「んっ、んふっ、あ、先せ……っ、んぷぅ」

「まだ始まったばかりよ？　そんなに感じちゃったら、この後……ふぁ!?」

悶える文乃を見下ろし余裕ぶっていたら、股間に鮮烈な快感が走った。彼女の指が下着の底をめくって、秘部に侵入してきたのだ。陰唇を掻き分けて一気に膣前庭まで侵入し、濡れた粘膜を素早く擦る。キスで発情し、待ちぼうけを食っていたそこは、少女の拙い摩擦で早くもピリピリ痺れ始める。

（この私が、守本さんに先手を取られるなんて……）

そういえばエッチは何日ぶりだろう。文乃も、せっかく身につけた愛撫を使える場面がなくて悶々としていたに違いない。

「あ……あ……！」

感慨に耽《ふけ》っていたら、快感が腰全体に広がっていった。脚や背中にまでじわじわと侵食し、甘い痺れで内腿が強張る。お尻が小さく何度も跳ねる。

「すごい……。守本さん、すごく、上手に……あぅっ」

「本当ですか？　嬉しい……」

珠理に褒められ、文乃の指が一層張りきる。身体が震えて、口内に残っていた唾液が糸を引いて滴り落ちる。彼女はそれを、躊躇もせずに舐め取った。生徒の淫らな成長ぶりに感激すら覚えつつ、でもエッチの先達として、防戦一方はプライドが許さない。

「えいっ」「ひゃんっ」

身体の下で文乃が仰け反った。今度は珠理が反撃する番。乳首攻めに加え、下着越しに淫裂を引っ掻く。彼女の動きが一瞬だけ止まるけど、それで十分。その隙に底布をずらして、淫襞を細かく震わせた。

「ひゃ、あんっ。じゅ、珠理先生……そんな、いきなり激し……ひぁッ」

彼女もそれなりに復習してきたみたいだけど、経験の差はそう簡単に埋められない。繊細な振動で、初心な少女の身体をあっという間に追い込んでいく。

「だめ……せ、先生に……気持ちよくなってもらう……の、はぁぁぁン！」

激しく悶えながらの健気なセリフに、珠理は胸を打たれた。過去を話した事で、文乃の中に慰めたい心が芽生えたに違いない。

「守本さん……」

そんな優しい子を、もっと感じさせてあげたい。珠理は眼鏡を外して床に置くと、彼女に口づけた。その唇を離さず、首筋へと撫でるように移動する。舌でねっとり逆撫でると、小柄な肢体が大きく跳ねる。

「や、やんッ！　そこ、感じすぎて……ひぁ、きひッ！」

ジタバタ暴れる身体をたっぷり堪能し、乳首へと場所を移す。でも、今日は経由地にすぎない。脇腹を通り過ぎ、鼠径部へと辿り着いた。

「ん……ちゅ、ぺろっ」

「ひゃわぁぁぁうっ!?」

それまでとは違う反応で、文乃の身体が跳ね上がる。快感と戸惑いと羞恥とが入り混じった悲鳴で、反射的に身体を丸めようとする。その動きは予測済みなので、太腿の裏を持ち上げてお尻を持ち上げ、ずらした下着の底から淫部を観察した。

「すごーい。守本さん、濡れ濡れね。あはぁ……割れ目も光って、美味しそう……」

「せ……先生、何を言って……きゅふぁぁぁっ!?」

処女恥裂に、舌をべったりと押しつけると、今日一番の大きな嬌声《きょうせい》が上がった。溢れそうな恥粘液をたっぷり掬《すく》い取り、陰唇の襞に隠れた蜜まで残さず舐め取る。

「せ、先生！　そんなとこ、舐めちゃ駄目……あぁ……ふぁあぁぁ……！」

駄目と言いながら、止める意思を示さない。こんな愛撫がある事を、知識として知っているからだろう。でも実際に味わうクンニの快感に混乱し、両手で顔を覆うだけ。

「まだまだ、こんなものじゃないんだから。ちゅ、ぺろ……じゅるるるっ」

「ひゃ、ふぁ、あ、はぁぁっ！」

今度はいきなり、舌先の細かい振動で淫唇を弾き飛ばした。鮮烈すぎる快感に、少女の腰が逃れようとして左右に振られる。

「先生っ！　それ凄い、凄いのぉ‼」

予想外なほど派手に暴れられて、外れそうになる標的を必死に捉える。この調子なら、絶頂までは遠くない。そう思って一気に追い詰めてあげようと思ったら。

「先生、わたしも……先生を……ンあっ！」

快感で途切れ途切れの息の中、まさかの提案。初めて受ける愛撫に混乱しているだろうに、それをやってみたいなんて。

（そうじゃないわ。この子は……）

純粋に珠理を感じさせたいだけ。その気持ちに応じたくなって、身体を半回転させた。彼女の顔を跨ぎ、下着の底を自らずらして淫裂を見せつける。

「あぁ……」

脚の間から聞こえる、少女の感嘆の声。それだけで背筋をゾクゾクくすぐられ、一瞬で我慢できなくなった珠理は彼女の顔に淫裂を押しつけた。

「はッ、あぁぁ⁉」

ゾクリと、全身の肌が痺れる強烈な快感。彼女は何の抵抗も見せず、女性器にキスしてきた。毎日の口づけで習得した舌の動きで、いきなり激しく淫唇を掻き回す。

「も、守本……さんっ、あなた……いい、いいッ！」

珠理の真似をしているだけなんだろうけど、こうもあっさりテクニックを盗むなんて。さっきは愛撫にも戸惑っていたのに、若い子の性への貪欲さを垣間見て戦慄のようなものを覚える。油断して何も身構えていなかったせいで、快感をもろに受け止めてしまう。肉襞《にくひだ》から発生した淫振動で、腰も頭も蕩けそうだ。

「ふ……く、ンッ！」

しかし、初心者のクンニで悶えてばかりはいられない。珠理は快感に震える身体を強制的に動かして、再び文乃の淫裂に口づけた。対抗心を燃やして彼女よりも激しく、深いところまで舌を突っ込む。

「ふぁあぁぁ⁉」

今度は文乃が悲鳴を上げる。それでも負けじと、珠理にキスする。二人は争うように淫唇を震わせ、蜜を啜り、膣口を舐め回した。

「すご……しゅごい……先生っ。珠理……せんせぇぇぇ……」

「私も……はぁぁ……あぁぁぁ……ッ」

身体の震えが止まらない。一本に繋がったふたつの身体の内側で、快感が循環し、増大していくかのようだ。それでも、自分が感じるよりも相手を気持ちよくさせたい気持ちが、舌と唇を動かし続ける。

「「ひぃぃぃッ‼」」

偶然、二人は硬い肉芽を同時に舌で捕まえた。一緒に奇声を上げながら、陰核を舌で弾き飛ばす。ただでさえ限界が近いのに、快感器官への強烈愛撫に耐えられるわけがない。

「はぅ、あぅ！　も……もう……先生、わたし……先生、先生！」

「私も、も……もう、イク、守本さん……イクぅぅぅッ‼」

二人が同時に仰け反った。口の周りを唾液と恥液でベタベタに濡らし、腰を激しく上下に振り立てる。

（す、すごい……。この子で、こんなに感じる、なんて……）

絶頂痙攣に全身を痺れさせながら、珠理は、かつて覚えたほどのない快感に、頭が真っ白になっていくのを感じていた。

第四章　修学旅行の思い出を作ってあげる

夏休みになった。しかし、部活動をしている生徒がいるので、保健の先生も連日出勤。

「暑いのによく頑張るわねー」

汗ばむ胸元を団扇《うちわ》で扇ぎ、グラウンドで駆け回る運動部の少女たちを眺める。その元気を羨むというよりも、異次元の生物を見るような目で。

「……何だって、こんな日に限ってエアコンが故障なのかしら」

修理は明日という話だけど、薬品類のためにも、一刻も早くお願いしたい。

それにしても、今日は一段と暑い。ついに我慢の限界を迎えた珠理は、涼しい空間を求めて、最寄りの司書室へと移動させてもらう事にした。

「あら、白城先生」

扉を開くと、司書の神木先生が、憎たらしいほど涼しい顔で仕事をしていた。といっても基本的に貸し出しの監視をしているだけで、あまり忙しそうじゃない。

「少しお邪魔させてください。もぉ暑くて暑くて」

「エアコンが故障なんですって？　まあ、ゆっくりしていって」

神木先生が、紅茶を淹れてくれる。本当はキンキンに冷たい炭酸飲料でも欲しいところだけど、身体を冷やしすぎるのは良くないと数日前に諭された。

(私より健康管理にうるさいなんて、意外だったわ)

だったら浴びるような酒もやめればいいのにと、心の中でご注進申し上げる。それはともかく、彼女の紅茶は美味しい。お茶の種類でお湯の温度が変わるとか、ジャンピングで茶葉を躍らせるのは何のためだとか、やたら語りたがるのさえなければ。

今日のお茶は、ローズヒップティー。その名の通りバラ色で、酸味が強い。好みが分れそうな味だけど、今日のような暑い日には爽やかに感じられる気がした。

ティーカップを口につけながら、ガラス越しに図書室を覗く。勉強中の生徒や、単に涼みに来ている子、文化祭の打ち合わせをしている文芸部など、意外に盛況。

その中で、一人黙々と、モバイルパソコンに向かって作業している女の子がいる。

(……あら、今日も来てるのね)

夏季休暇に入ってから、文乃は毎日欠かさず、ここへ通っていた。何をしているかは聞いていないけど、キーボードを叩く指と、モニターを見詰める目つきで、投稿用の小説を書いているのだと想像はつく。一度は挫折したけれど、見事に復活を遂げたらしい。

(私の励ましのおかげなら嬉しいのだけど)

あの挫折はオウンゴールのようなもの。助言なんかなくても、自力で立ち直っていたかもしれない。何にせよ、再びやる気が出たのなら結構な事。

ところが、珠理の視線に気づいた神木先生が、文乃を見て眉を曇らせた。

「あの子、根を詰めすぎじゃないかな」

「……どういう事ですか？」

毎日のように通っていれば、司書先生の目に留まっても不思議はない。せっかく文乃がやる気を出して喜んでいたのに、何か問題があるのだろうか。

「図書室が開いている時間中、ずっと座りっぱなしでパソコンとにらめっこしてるのよ。ろくに食事も摂ってないいんじゃないかしら」

「朝から夕方まで？　何も食べずにですか？」

「ええ。何だか追い詰められている感じがして……少し心配だわ」

神木先生に言われて、改めて文乃を振り返る。凄い勢いで文字を入力していたかと思えば、苦悩するように両手で顔を覆って俯く。文章を書いているなら普通に見られる行動だろうと、気にも留めていなかった。一生懸命に頑張っているとしか思っていなかった。

（でも……少しやつれた？）

彼女があの調子なので、休みに入ってからは接触がない。珠理は、少なからずショックを受けた。一番の理解者だと思っていた自分が、変化に気づいてあげられなかった事に。

「……デート、ですか？」

たまたま鉢合わせしたように装って、珠理は、帰宅する文乃を待ち伏せた。

「そう。さっき図書室で見かけたんだけど……もしかして、小説、行き詰まってる？」

「それは……」

図星みたいだ。気まずい顔になった文乃が、パソコンの入ったカバンを両手で抱える。

「でも珠理先生も知ってますよね。締め切りが近いんです。遊んでいる暇なんて……」

「だからこそよ。焦りがある時って作業に没頭したくなるけど、リフレッシュした方が、逆に効率が良くなるものよ」

文乃の目が、ますます訝るものになる。素直に信じてくれると思っていたのに、彼女の焦りへの理解が足りなかったみたいだ。焦った珠理は、駄目押しを試みる。

「こう見えて、私も保健の先生よ。生徒のためにならない事は言わないわ」

最後のひと押しが効いたのか、文乃を誘う事に成功した。

場所は、大きなプールがいくつもあるレジャー施設を選んだ。休み前にテレビで紹介されていいて、行ってみたいと思っていたところ。でも女一人では味気ない。さりとて友達も都合がつかず、この夏は無理だろうと諦めかけていた。

ただ、生徒と先生の二人きりというのは体面が悪い。学園から遠い場所にする必要があったというのも、選定の理由のひとつ。それでも誰かに遭遇する可能性は低くないわけで、その時は、ここで偶然出会った事にしようと、あれこれ計画を練って当日に臨んだ。

そして珠理は、このデートを思いついた自分に感謝した。

「可愛いっ。可愛いわよ守本さんっ！」

「先生……あんまり騒がないでください。恥ずかしいです……」

親子やカップルでごった返すメインのプールサイドで、場所柄もわきまえず興奮してしまった。真っ赤になって肩を竦める文乃に、たしなめられてしまう。しかし水着姿の可憐な少女を前にして、どうして冷静でいられるだろうか。

彼女が身に着けているのは、セパレートタイプ。胸と腰の大きなフリルで、わずかでも体形を隠そうとしているのが、いじらしい。派手さを避けて濃紺を選んだようだけど、それはあいにく計算違い。白い肌を際立たせているし、そうでなくても、以前の下着の着せ替え遊びを、珠理に思い起こさせてしまっている。

(本人は自覚がないっていうのが、また可愛いのよね)

そんな珠理は、文乃と似た色の、普通のビキニ。本当は真っ赤なマイクロビキニにしようと思ったのだけど、そんなものを着たEカップのお姉さんは煽情的すぎて、お子さんや中高生の目の毒だろうと泣く泣くやめた。

しかし、それで大正解。恥ずかしがった文乃に当日まで秘密にされたおかげで形は違うけど、図らずもペアルックのような配色になって喜びも二倍増し。

「最初にどこに行きたい？　ウォータースライダー？　大波プール？」

文乃より、珠理の方が子供みたいにはしゃいでしまう。立場上は保護者である事と、彼女の気分転換に来ているので楽しませたいというふたつの義務感がせめぎ合い、結果、後者が強く出てしまった。

最初は羞恥が邪魔をしていた文乃も、プールやアトラクションを回っているうちに気分が上がり、大声で満喫し始めた。中でも、二人乗りの浮き輪型ボートに乗るウォータースライダーが気に入ったらしい。

「あーん、もぉ。怖かったぁ！　先生、もう一回！」

「またぁ⁉」

珠理の手を引き、三度目の行列に並ぶほど。

「守本さん、絶叫系とか好き？」

「ぜーんぜん。どっちかっていうと嫌いなんですけど……」

テンション高めから、急に顔を赤らめ言葉を濁す。理由を教えろ教えないと押し問答をしているうちに、また順番が回ってきた。

「はい、しっかり取っ手を掴んでくださーい」

三回目となる係員の指導に従い、スライダー用のボートに乗る。小柄な文乃が前で、珠理は後ろ。離れないように、ぴったりと身体を密着させる。

「……んふ。先生のおっぱい柔らかい……」

「え、何？　……きゃわぁぁぁぁっ‼」

彼女が何かを呟いたのを聞き直す前に、スライダーに放り出された。二十メートル以上の落差と、螺旋を描く百三十メートル以上のチューブは、滑るというより落ちる感覚。ゴールのプールが見えたと同時に、空中に放り出されて落水。派手な水柱が立ち上る。

「ぷぁぁっ！」

濡れた髪を振り乱し、文乃が「きゃはは」と大口で笑う。彼女のこんな表情を見られるなんて、誘った珠理も思わなかった。

まだ昼前なのに、遊びすぎて少し疲れた。メインプールを臨むフードコートで、ぜいぜいと息を整える。

「アイスでも買ってくるわ。守本さんはここで休んでて」

「え、じゃあお金……」

「おごるわよ。今日は私が付き合ってもらってるんだから」

文乃が腰を浮かせる。それを笑みで座らせると、彼女は素直に従った。

ソフトクリームをふたつ買い、鼻歌交じりのご機嫌な足取りで引き返す。一番人気というだけあってデコレーションに凝っていて、文乃と並べて写真を撮ったら絶対に可愛い。

けれど、生徒と先生のデートの証拠なんて残せない。

「私って、こんなのばっかり」

自嘲を苦笑で振り払い、歩みを速める。でも文乃の姿が見えると同時に足が止まった。ベンチに座る彼女の前に、同じ年代の女の子が立っている。

長い黒髪で、文乃の「いい子」とはまた違う、優等生然とした顔立ちと佇まい。自信に満ち溢れている雰囲気が、遠目にも伝わってくる。

知り合いとの遭遇は想定のうち。少し時間を置いてから戻ればいい。

(……でも、変ね)

文乃の横顔が強張っている。珠理は咄嗟に彼女の背後に回り、背中合わせの位置で腰を下ろして聞き耳を立てた。

「文乃ちゃん、久しぶり。こんなところで会うなんて思わなかったわ」

「そ、そうですね……」

声まで硬い。イジメだったらどうしようと迷いが生じる。下手に教員が関わって問題をややこしくする場合だってあるし、何より、このデートを知られるわけにはいかない。

でも珠理の想像は、まるで違っていた。

「わ、わたしは家族と来てて……。先輩はデートですか?」

(……先輩?)

文乃から出たそのワードに、珠理は敏感に反応した。あまりよくない予感に、背中を丸めて息も潜める。

「こっちは友達と。カレとは別れちゃった」

「そ、そうなんですか⁉」

間違いない。あの雨の日に文乃を振った「先輩」だ。本当に、こんなところで会うとは夢にも思っていなかった人物。彼女たちが見えない位置に座った事を後悔した。文乃の様子も窺えないし、相手の顔も拝めない。それに、ソフトクリームも溶けてしまう。

そうして手をこまねいているうちに、話の雲行きが怪しくなってきた。

「ど、どうして別れちゃったんですか？　あ、あんなに仲よさそうだったのに」

「最初はよかったのよ。真面目そうで。でも、初めて女の子と付き合って舞い上がっちゃたのかしら。友達とか先輩とか後輩に、こいつがオレの女って感じで言いふらして、もうウンザリ。あたしは、あいつの所有物でもペットでもないっていうのに」

その彼としては、カノジョができた事を自慢したかっただけだろう。とはいえ、先輩さんの心情も分からなくはない。そんな紹介のされ方をしたら、珠理だって居心地悪い。些細な事で気持ちが離れるなんて、よくある事。

(守本さんは、私の事をどう思って……)

アイスを見詰めながら物思いに耽り、首を振る。

(付き合っているわけじゃないって、私が自分で言ったのに)

珠理が文乃とこんな事になったのは、そもそも、この先輩のせい。時が来れば自然消滅すると最初から決まっている、限られた関係。

それにしても、まだ終わらないのだろうか。本当にアイスが溶け始めている。仕方なく自分の分を食べ始めた珠里の気を知らず、先輩が呑気に話を続ける。

「でも、ちょーっともったいなかったかなぁって思ってるの」

「か、彼と別れた事がですか？」

「ううん、違う。……女の子同士っていうのを一度くらい経験しておいても、悪くはなかったかなぁ……て」

ゾクリと、珠理の背中を寒気が走った。まるで舌で舐められたように卑猥な感触。この少女の大胆さに舌を巻く。文乃を誘う声に、欲情を隠そうともしていない。

しかも、恋愛対象ではなく、性的な好奇心という事まで明言して。

振り返ろうとして、必死に堪える。それを咎める資格は、珠理にはない。だって、今までの恋愛はそんな相手ばかりで、それを承知で付き合い続けてきたのだから。

(それに……守本さんが誰と恋人になろうが、決めるのは彼女自身でしょ)

だからといって、本気でじゃないと分かっている人との交際を黙認していいんだろうか。

「え……その……」

文乃の心が揺れている。一度は好きになった相手からの、逆アプローチに。彼女よりも珠理の方が緊迫し、アイスを食べる手も止まる。

十秒にも満たない沈黙が、永遠のようにも感じられた。しかし不意に、先輩がクスリとからかうような笑みを漏らした。

「冗談よ、じょーだん。あの時、無理って言ったじゃない。でも頑張って再アタックされたら、あたしの気が変わるかもしれないわよ」

小悪魔っぽく囁いて、先輩は去って行った。最後の捨て台詞なんて、ハートマークでもついていそうに弾ませて。

「もう、先生ったら遅いですっ」

「違うわよ。守本さんが誰かと話してたから隠れてたのっ」

一緒にいるところを見られるのが好ましくないのは、文乃も理解している。変にごまかすより、言い訳としては賢いはず。というよりも、溶けたアイスの理由を考える方が難しかったからに過ぎない。

ただ、盗み聞きしていた事までは、白状できなかった。

「誰？　クラスの子じゃなかったみたいだけど」

「あ、んー……。中学の頃の知り合いです」

互いに白《しら》を切る。彼女も、先輩という言葉を避けた。別に、包み隠さず話さなければならない間柄ではない。もし珠理のあずかり知らないところで先輩と再会し、さっきのような会話がされたとしても、何ら問題はない。

(よりを戻すならそれでいいし、もし、また傷ついたのなら私が……)

それは、今の関係をだらだらと続けるという事。文乃に好ましいとは思えないし、何より根本的な解決にならない。だから、心の中に浮かびかけた言葉を呑み込んだ。

「それより、元気がないわね。遊びすぎて疲れた?」

「え? あー……そうかもしれません」

「……帰る?」

これからステージではダンスショーなどのイベントもあるし、引き上げるには早すぎる時間帯。でも文乃は、その言葉に何も異議を唱える事なく、頷いた。


高速道路を走る車内は、沈黙に包まれていた。ハンドルを握る珠理の横で、膝に荷物を抱えた文乃が、助手席深くに身体を沈める。しかし小型車の狭いシートでは、子供が首を竦めて拗ねているようにしか見えない。

(守本さん……先輩って子の事を考えてるの?)

知りたいなら、聞けばいい。彼女が素直に答えてくれる保証はないけれど。

珠理の胸の中を、もやもやがずっと渦巻いている。この感情が何なのか、自分でも分からない。苛立ちのようで、怒りのようで、何だか悲しいようでもあって。

あの先輩や文乃に思うところがあるのは間違いない。けれど、彼女たちの何に対してなのか、それすらも見当がつかず、時間が経つほどに不快感が増していく。冷静さを失って安全運転が危ういレベル。どこかで頭を冷やさなければ。

なので、昼食を摂るという名目でサービスエリアに入った。混雑する時間は過ぎていたのか、広い駐車場には空きが多い。でも運転が荒くなり、勢い余って出口付近まで進んでしまう。人目につくのを嫌った珠理は、とにかく一番隅のスペースを求めて車を停めた。

（はぁ……。何やってんのよ。生徒を乗せているのよ⁉）

ハンドルにもたれ、溜息を吐く。彼女を危険な目に遭わせるわけにはいかないのに、心が乱れて乱暴な運転をしてしまった。怖い思いをしなかっただろうか。悶々と考えすぎて、顔を上げる気になれない。

「先生……大丈夫ですか？」

気分が悪いように見えたんだろう。文乃が顔を寄せてきた。保健医なのに生徒に心配させてしまって、自己嫌悪が加速する。

ただ、その一方で、急に腹が立ってきた。

（誰のせいでこんなに悩んでると思ってるのよ！）

そんなの、文乃が知る由《よし》もない。だいたい、珠理自身が何を悩んでいるのか分かっていないのに、彼女に当たるのは筋違い。そうと分かっていても、感情の出口が見えなくて、どうにかなってしまいそうだ。

「先生……」

さらに文乃が近づく。彼女の囁き、シートの上で服が擦れる音、鼻孔をくすぐるプールの残り香。それらと由来不明の感情が混ざり合い、珠理から瞬間的に思考を奪う。苛立ちを解決するもっとも安易な方法を、衝動的に実行してしまう。

「んっ⁉」

文乃が呻く。唇を、柔らかい感触と戸惑う吐息がくすぐる。我に返った時には、キスしていた。そうしないと自分が抑えられない。勝手に唇を奪っておいて何を抑制するんだと思うけど、とにかくこれしか手段がない。

「せ、先生……ンッ！」

何か言いたげな彼女の口に、舌を押し込む。聞かなくても分かる。

(どうしてとか、こんな場所でとか言いたいんでしょ⁉)

それは、当然の疑問と非難。珠理だって分かっている。分かっていても止められない。シートを倒して彼女に覆い被さり、さらに舌を捻じ込んでいく。

拒否すると思った。絶対に押し返されると。けれど、背中に回った彼女の腕が、しっかりと珠理を抱き締めた。押し込んだ舌にも、積極的に吸いついてくる。

（え……？　いいの？　守本さん、いいの？）

自分から押し倒しておいて、その言い草はない。でも改めて意思を確認したら今度こそ拒まれそうな気がして、とにかく夢中で唇を擦りつけた。

「はぁ……はぁ、守本さん……ンっ」

「せ、先生……あ、あ……んくっ」

舌先同士が触れ合って、彼女の背中が小さく反る。その瞬間、前方を車が通り過ぎた。背中を寒気が走る。フロントガラスにサンシェードをとか、せめてタオルで身体を隠そうかとか色々考えるけど、どれもキスの快感を上回る事ができない。

どうせ、どの車も前方しか見ていない。そう決めつけて少女の髪を掻き抱き、激しく舌を掻き回した。

「ん、ん……ンふぅッ‼」

文乃が喘ぐ。彼女の舌も伸びて、珠理のものと絡み合う。抱き合ってキスしているだけなのに、異様に身体が昂る。いつも以上に唾液が溢れるし、下着の中も熱く濡れているのが分かる。きっと、シチュエーションが異常なせい。

（見つかるかもしれない危機感で？　そんな事で興奮してるの？）

露出の趣味はなかったはずだけど、どうでもいい。舌を舐め合う快感に震えながら、文乃の開襟シャツのボタンに手を伸ばした。でも手が震えてうまく外せない。手間取っている間に先を越された。文乃が素早くブラウスを捲り上げ、ブラまでずらして胸を露出させられてしまう。

「も、守本さ……あぅっ！」

乳首を抓られ、ビリビリと電流が背筋を走った。こんな気持ちのいい痛みを彼女が与えてくるなんて。驚きと快感で逆に集中力が増し、滑らかにボタンを外せるようになった。露わになった少女のお腹に、キスの雨を降らせていく。

「ひゃ、あ、あふ、はぁぁン。やだ先生、くすぐった……ヒッ」

車内が狭いので、おへそ周辺にしか口づけできない。それでも珠理の唇が触れるたび、文乃は身体を捩じってむず痒さに耐えた。

もっと苛めたいけど、体勢的にも限界。再び唇を重ねると、彼女も安心したように抱きついてきた。くねくねと首を左右に傾け、唇を捩じるようなキス。このまま溶け合いたい欲求に駆られ、舌と舌とをねっとりと密着させる。

「ぴちゃ、くちゅくちゅ、ちゅぱ、じゅる」

二枚の濡れ舌がぬるぬると絡み合う。全身が舐め回されているような錯覚を起こす。珠理が身じろぎするように裸の胸を押しつけていたら、彼女のブラもずれて胸が露わに。乳房同士を押しつけ合い、円を描いて捏ね合って、乳首のキスに肌が痺れる。

「ふぁ……。守本さん……」

「先生……。珠理、先生……」

さっきから、互いの名前を呼んでばかり。それ以外を忘れてしまったように、何も言葉が出てこない。至近距離で見詰め合い、そして再び濃厚キスに溺れる。前にもやった唾液の交換を、今度は口を離さずやってみる。

「あぷ、んぁ、はぅ、ンぷぅ」

大量の唾液を流し込まれ、文乃が溺れる。喘ぐたびに唇から溢れ出し、それでもキスをやめようとしない。

(凄い……。ゾクゾクするぅ……)

清楚な少女の淫らなキス顔で、股間の疼きは最高潮。内腿を擦り合わせてどうにかなる限界を超えた。下着を脱ぐため、いったん唇を離そうとした。

「──んムッ⁉」

しかし、文乃は吸いついて離れない。それどころか舌を激しく吸引されて、頭の芯が甘い快感に揺さぶられる。珠理もお返しに、彼女の舌を吸い返す。

「ンきゅう⁉」

今度は文乃が悲鳴を上げる番。抱き締めた身体が痺れているのが分かる。珠理は口づけしたまま、スカートをめくって下着に手をかけた。桃の皮を剥くように、お尻の丸みに沿って脱ぎ、狭い空間で悪戦苦闘しながら足首まで布切れを移動させる。その間に、彼女も脚を抱えてパンツを脱いだ。やはり膝で引っ掛かり、先に進めず苦心している。

「ぷはぁ……」

あれこれ身体を動かしていたら、珠理の方が下になっていた。不自由な動作のせいで息切れ。二人は何分かぶりに唇を離し、深呼吸しながら下着を足首まで下ろした。そこまで脱げればもう十分。というか、これ以上は面倒くさい。

「んふ……。珠理先生……」

文乃が、小首を傾げて微笑みながら、腰に跨がってきた。内気少女らしからぬ、妖しく淫らな雰囲気に、生唾を飲み込む。股間がキュンと切なく脈打つ。

「あぁ……守本さん……」

珠理は少し身体を起こして、彼女を腕の中に迎え入れる。唇を重ねると同時に、二人は互いの秘部に指を伸ばした。

「はぁぁう!!」

ビリビリと背中が痺れた。触れられて、初めて自分が溢れんばかりに濡らしているのが分かった。少女の細い指が、ぬかるみに沈んでいく。陰唇を掻き分けながら、蜜に覆われた膣口を、迷いもせずに探り当てる。

「あ……ンあぁぁぁ……!」

声が漏れた。腰を中心に、頭も足先も快感に痺れる。少女の人差し指と薬指が陰唇をくすぐり、中指で膣前庭や膣口を撫で回す。少し前まで性器の中で迷子になっていたというのに、目覚ましい急成長。

「凄いわ、守本さん……。自分の身体で、いっぱい復習したんでしょ」

「やだ、先生のバカ……」

顔を真っ赤にして、でも否定せずに夢中で吸いついてきた。今度は文乃のひとり遊びを見せてもらおう、なんて考えながら、珠理も反撃のため彼女の淫裂を掻き回す。

「ひぁ、あん、ン、あんっ！」

短い悲鳴と共に、文乃の身体が跳ね上がる。それよりも驚くのは、溢れ出る恥蜜の量。水溜まりができるんじゃないかと思うほど、際限なく流れ出る。

「せ……先生、どうしよう……。零れちゃう……」

急に、文乃が困惑の泣き顔になった。恥ずかしいというよりも、シートを汚してしまわないか心配しているんだろう。この期に及んで生真面目さを発揮する少女が可愛くて、胸のときめきが止まらない。

「構わないわ。いっぱい溢れさせなさい……」

チュッと頬に口づけ、唇を重ねる。彼女も珠理の腿に跨がり、思いきり吸い返してきた。遠慮も手加減も必要ない。二人は相手の秘部に指を突っ込み、思いきり掻き回した。

「は、あ……！　せ、せんせ……。そこ、痺れ……あッ！」

「守本さんも……上手……。あ、穴のとこダメ……。感じすぎて……あぅンッ！」

淫唇を震わせ、膣口をくすぐり、体内を駆け巡る快感で全身が強張っていく。文乃の淫液が太腿に垂れる。珠理のも、お尻の下のスカートを濡らしているだろう。けれど構わない。もっと彼女を気持ちよくさせたくて堪らない。

「守本さんの……熱い……。もっとお漏らしして……」

「珠理先生も、もっと、もっといっぱい……ンぁっ」

文乃の腰を抱き寄せる。彼女も珠理の頭を掻き抱き、舌の絡み合いに夢中になる。二人の身体が、キスと愛撫でまったく同時に昂っていく。

「あぁぁ……もう、もう……先生、先生っ」

「私も……も、守本さんッ」

互いの名前を呼ぶ声が、狭い密室でこだまする。甘くて切ない響きに、ゾクゾクと背中をくすぐられる。

「ふぁ、ふぁっ。先生、浮いちゃう！　わたし、わたし飛んじゃいそ……ふぁぁッ！」

「私も、守本さんので……あ、ひ、ンあぁぁッ！」

プシュッと、二人の淫部から恥液が飛び出した。脚やシートに飛び散って濡らす。その衝撃が、最初の絶頂からさらに高い快感へと、二人の身体を吹き飛ばす。

「先生、せんせ……あ、あ、あン、ふぁッ」

「も、守本さ……ん、あん、あ、ひぁっ」

全身が痙攣する。口づけもままならない。それでも、震える腕で必死に抱き合い、相手の舌を捕まえて口腔に吸い込んだ。

「気持ちいいっ。先生っ、キス、もっと……あん、あんっ」

少女の淫らなおねだりが、珠理の心を鷲掴みにする。舌を吸われる痛みも全部快感に転化され、再び達してシートに倒れ込んでしまった。

「珠理……先生ぇ……」

上に乗った少女が、唇を重ねてくる。珠理は、それを、何も考えずに受け止めた。

夏休みも終わり、新学期になって一週間経ったのに、まだ暑さが残っている。秋の気配の訪れは、もうしばらくお預けになりそうだ。

授業中、ひとりの生徒が、気分が悪いと保健室に来た。薬はいらないというので、とりあえずベッドに寝かせる。彼女が横になる瞬間、スカートの奥が目に入った。無防備なその格好のせいで、珠理の頭がひとりの少女でいっぱいになる。

「はぁ……」

机に戻って、小さく息を吐く。そして、この夏の間の出来事を思い返す。

休みの間、一体、文乃と何回エッチしただろう。プールでの出来事の後から、その頻度は飛躍的に増えた。もちろん珠理は仕事があるし、彼女も小説や課題で忙しい。それでも何かと時間を見つけては、肌を重ね合ってきた。この保健室はもちろん、学園の他の場所でも。珠理の家では、一緒にお風呂に入りながら。

「私……守本さんとする事に抵抗が薄くなってない？」

どんなにキスをしても、淫らな行為をしても、飽きるどころか欲求は強くなる一方。できなかった日は自分で慰めるけど、そんなものでは満足できない。

ただ、長期休みが終われば、自由に使える時間はおのずと限られる。ここ数日はキスすら満足にできてない。身体に欲求不満が渦巻いている。

だからこそ、手を見詰めて自分に言い聞かせる。

「……目的を見失っちゃ駄目よ。あの子が甘えん坊さんなだけなんだから」


文乃の学年の一大イベント、修学旅行が来週に迫った。もちろん保健医も同行する。なので、色々と準備が必要になった。

「えーっと、着替えと化粧品はＯＫと。後は……」

土曜日、珠理は、買い物メモを見ながら、ドラッグストアでカートを押し歩いていた。近所にもスーパーやコンビニはあるけれど、少し足を延ばしたところに安くて品揃えのいい店があると、神木先生が教えてくれた。

「…………あら」

洗面用具を探していたら、見慣れた顔を店内に見つけた。文乃が、クラスメイト二人と連れ立ってお菓子売り場にたむろしている。旅行中のおやつを吟味しているんだろう。

「よかった。ちゃんと友達がいるんじゃない」

一人でいるところばかり見ているから、孤立しているのではと心配していた。その友人の顔触れには、見覚えがある。以前、身体検査の時に文乃を泣かせた娘だ。無理に付き合わされている感じでもなく、普通に仲がよさそうで、安心した。

「………安心した、のよね？」

胸に、もやっとしたものが広がる。これに似た感情を、ごく最近、抱いた気がする。

「あ、白城先生！」

棒立ちで生徒たちを眺めていたら、そのうちの一人が珠理を見つけた。すると即座に、もう一人がそれを咎める。

「ちょ、何で呼ぶのよ。恥ずかしいじゃないっ」

確かに、お菓子を選んでいるところなんて教員に見られたくないだろう。とはいえ呼ばれてしまった以上は、生徒の素行監視の意味でも素通りはできない。

「こんにちは。みんなもお買い物？　どれどれ、何を買うのかなぁ」

「やだやだ、見ないでくださいっ」

一人が両手でカゴを覆って中身を隠す。どうやら彼女は恥ずかしがり屋さんのようだ。といっても文乃のような引っ込み思案とも違うし、色々なタイプの娘がいるものだ。

その文乃はといえば、さっきからひと言も発していない。表情から窺うに、珠理と親密な関係にある事を、友達に悟られないようにしている感じ。意識しすぎると逆に不自然なのだけど、それを忠告するわけにもいかないのが、もどかしい。

特に問題行動があるわけでもなし、先生が立ち会っていてもお菓子選びに邪魔なだけ。早々に退散する事とした。

「あまり無駄遣いしないようにね」

「はぁ～い」

可愛らしく声を揃える生徒たちに軽く手を振り、自分の買い物に戻った。

「……こんなものかな」

目的の物はあらかた揃え、会計に向かう。すると、脇から肩をツンと突かれた。文乃が小さく手招きしている。

「どうしたの。……お友達は？」

「今は、自分の買い物」

個々人の用を済ますため、別行動中という事か。彼女は友達の様子を窺うように首を巡らすと、甘えるように小首を傾けた。

「帰り、一緒に行っていい？」

「え、でも……」

珠理は戸惑った。それ自体は構わないけど、せっかく友達と一緒なのだから、無理に自分といる事はないだろう。そう言うと、文乃は拗ねたように眉を曇らせた。

珠理だって、正直を言えば文乃のおねだりは嬉しい。けれど、彼女の友人関係より優先されていいとまでは思っていなかった。

「まさかと思うけど……あの娘たちの事、嫌なの？」

文乃は驚いたような顔になり、慌てて首を振った。

「違いますっ。いつも本当に仲良くしてくれて……。わたしなんかには、もったいないって思うくらいで……」

「わたしなんか、とか言わないの。そんなに大切なお友達なら、なおの事、大切にしなさい。私とは、いつでも遊べるでしょ？」

先生らしく、それでいて嫌われないように、やんわりと諭す。彼女は、少し落胆した様子を見せたけど、ひと呼吸して素直な顔に戻る。そして、いつものように綺麗なお辞儀をして、友達の方へと戻って行った。

「やれやれ、本当に甘えん坊さんね」

友達と合流した文乃を見届け、珠理は店を出た。これで何も間違っていないはず。それなのに、胸の中に残ったモヤモヤは、一向に晴れる気配を見せなかった。

週明け、修学旅行が初日を迎えた。

行き先は、古式床しい京都観光。近年は海外も珍しくないけれど、新幹線の中で雑談していたベテラン教師陣が言う事には、学園長の親族の旅館がどうとか、古い付き合いのバス会社がどうしたとか。春に一緒に異動してきた男性教師が、そんな話を聞かされて困惑している。珠理は素知らぬ顔で、その場を素通りした。

「さすがに列車の中でするのは難しいわね。トイレに長居はできないし……」

生徒たちの見回り中、車両と車両の間のデッキに立ち止まり、そんな事を考える。

以前、サービスエリアの車中で文乃とエッチした。あの時は誰にも見られなかったようだけど、たまたま運がよかっただけ。

「やっぱり屋外は場所を選ばないと……。て、私ったらまた外でするつもり？」

ちょっと気を抜くと、文乃とできそうなところを探している。思いのほか長引いているとはいえ、いつまでも続く関係じゃないのに、悪い癖がついてしまった。

いやらしい事を考えていたら、無性に顔が見たくなった。彼女のクラスの車両に行き、それとなく様子を窺う。珠理が会いに行けば喜んでくれるだろうという思惑も含んで。

ところが、彼女は座席を大きく倒し、さらには目元にタオルをかけてお休み中。

「守本さん、どうかしたの？」

周囲のクラスメイトに尋ねると、彼女たちは「しーっ」と人差し指を口に当てた。

「文乃ちゃん、乗り物酔いなんだって。さっき担任の先生に薬をもらって、やっと寝たところなんです」

「あら、そうなの……」

どうせ二人きりの会話なんて望めないけど、顔も見られないとは思わなかった。


一日目の行程を終え、ホテルへ。食事と入浴を済ませた教師たちは、学年主任の部屋に集まり、夜の見回りと明日の予定の再確認。

そして二日目の朝に、小さな波乱が起きた。

「守本さんが？」

「ええ、そうなの。今日はあの子に付き添っていてくれないかしら」

文乃の担任が「申し訳ないのだけど」とお願いしてきた。熱を出して起きてこられないらしい。そもそも保健医はそのために同行しているようなもので、異論はない。

「守本さん、部屋で寝ていて、ごはんも薬もまだなのよ」

そういえば、朝食の時に姿を見なかった気がする。担任の言いつけ通りにレストランに行き、病人用の食事を依頼する。注文はすぐに通った。さすがに修学旅行生を受け入れているホテルだけあって、新米同然の珠理なんかより、よほど対応に慣れている。

「それにしても、いきなり病人の付き添いとは思わなかったわ」

これが他の生徒だったら、観光地巡りができなくなって残念がったかもしれない。でも文乃だというなら話は別。

「えこひいきは良くないわね。それに、守本さんは体調崩して苦しんでいるのに」

浮かれ気分になった自分を諌め、文乃を訪ねる。生徒はみんなツイン部屋。彼女は窓側のベッドで横になり、額に冷却シートを貼りつけていた。

「先生……？」

「あら、起きてたの。気分はどう？」

「珠理先生が来てくれたから……最高です」

「そんな冗談が言えるようなら、大丈夫ね」

とはいえ、あまり病人に喋らせるのも酷。黙って待っていたら、ドアがノックされた。文乃の食事が、ワゴンで運ばれてきたのだ。それを受け取り、文乃の横へつける。

「何だかセレブになった気分ね。あ、でも私がお世話する方だから、お嬢様と召使い？」

また浮かれ気分で変な事を口走る。でも、文乃も弱々しくも笑ってくれた。

おかゆの載ったトレイを、彼女の膝に載せる。スプーンを手渡そうとしたら、鳥の雛のように大きく口を開いて待ち構えた。

「あーん」

「病人がふざけないの」

自分が先に調子に乗ったのを棚に上げ、ぺしっと額を叩いてスプーンを持たせる。頬を膨らませての不満顔も、可愛いという感想しかない。

仕方なく食事を始めた文乃は、どことなく居心地が悪そうだった。珠理がじっと見ているせいだと気がついたのは、土鍋が半分近く空いてから。会話がないのが悪いと思い、調子を尋ねてみる。

「そういえば、昨日も新幹線で酔ってたみたいね。体調が悪かったの？」

「うーん……。多分、寝不足のせいだと思うんですけど……」

「寝不足？　まさか旅行が楽しみすぎて眠れなかったとか？」

「ち……違いますっ。……ごほ、ごほっ」

むきになって否定した文乃がむせた。水を飲ませてやって、落ち着きを取り戻す。

「しょ、小説の公募の締め切りが、本当にギリギリで……。修学旅行の前に、ちょっとでも進めておきたくて、三日……」

「徹夜したの!?　駄目じゃない。旅行前は体調を整えておくものでしょう？」

「ご、ごめんなさい……」

思った以上の無理に、珠理も言い方がきつくなった。食事の手が止まってしまう。ただでさえ人より繊細なのに、弱っているところを責められたら、食欲も失せるだろう。

「とにかく食べられるだけ食べておきなさい。寝ていればすぐに良くなるでしょうから」

すっかり気落ちしてしまった文乃は、のろのろと食べ進め、辛うじて完食した。薬のための水を手渡し、ワゴンを廊下に戻す。でもその間、彼女はまったく動かなかった。握り締めたコップを見詰めるだけで、錠剤も枕元に置いたまま。

(ちょっと言いすぎた……て事はないと思うんだけど……)

健康管理ができなかった生徒を注意するのは、職務のうち。むしろ最低限の事しか言っていない。珠理に叱られたのが、そんなにショックだったんだろうか。

(んー。これは……どちらかというと、自分を責めている時の顔ね)

微妙な表情の違いから、彼女の感情を読み取る。いつの間にか身についた、対文乃限定の特技。徹夜そのもののせいもあるけれど、つい口を滑らせて珠理を怒らせた自分が許せない、といったところだろう。

「別に怒ってなんかいないわよ？」

心を読まれて驚いたのか、文乃が目を真ん丸にして顔を上げる。でも、それも一瞬。すぐに沈んだ顔になって、視線をコップに戻してしまった。もし、他の誰かに同じような態度を取られたら、ウジウジするなと苛立っているはず。文乃には、なぜかそんな気になれない。何とかしてあげたいとしか考えられない。

「では、お姫様。お薬、私が飲ませてさしあげましょう」

「……え？」

いきなり芝居がかった口調で話しかけたので、文乃が、今度は戸惑いで見上げてくる。

そんな彼女の手からコップを奪い、見せつけるようにして錠剤と水を口に含んだ。ウインクした珠理の意図を察して、赤らんでいた文乃の顔が、さらに色を増す。それでも、横に座って肩を抱くと、素直に唇を差し出してきた。

「………んっ」

目を閉じて、文字通り、水も漏らさないほど唇をぴったり合わせる。彼女の口の中に、とろとろした感触の水流に乗って薬が流れ込んでいく。

「ん、ん……ん」

それを、少女は喉を鳴らして飲み込んだ。最後の一滴まで飲み干してもまだ離れない。珠理の首に腕を回し、顔を傾け、唇が捩じれるほどに密着させてくる。珠理も舌を入れたくなったけど、病人は寝かしつけないと職務怠慢になってしまう。

「さ、もう寝なさい。何かあったら、私の携帯に……」

そこまで言ってから、番号もメールアドレスも交換していない事に、今になって気がついた。よくそれでやってこられたものだと、逆に感心してしまった。

ともかく、これ以上一緒にいても負担になるだけ。何か言いたげな文乃を残し、珠理は、

後ろ髪を引かれる思いで、部屋を後にした。

夕方になり、生徒たちが戻ってきた。あの後、文乃とは昼食を一緒にしただけで、せっかくの二人きりの時間を何ら活かせないまま終わってしまった。

「いや、病人と何するつもりだったのよ」

それでも後悔のようなものを感じてしまう自分に呆れてしまう。でも、夕食に文乃の姿を見て安堵を覚えた。明朝はこのホテルから移動なので、体調が戻らないと置き去りになるか、保護者に迎えに来てもらう事になってしまう。

ところがその夜、文乃の担任が、彼女と一緒の部屋に泊まってくれと依頼してきた。

「まだ治らないんですか？」

「本人は大丈夫だと言っているんだけど……ちょっと心配で」

守本文乃は内気で本音を見せない生徒、と思われているのを、担任教師の言葉から感じた。珠理も最初はそう感じたので気持ちは分かる。

（まぁ……守本さんとあそこまで濃厚な付き合い方してるのなんて、私だけだろうし）

何にせよ、要請を断る理由はない。着替えと洗面用具だけ持って文乃の部屋を訪ねる。するど、ちょうど彼女と同室の生徒が移動するところだった。せっかくなので、入室前にどんな様子か尋ねてみる。

「今は寝てます。……守本さん、そんなに悪いんですか？」

「大丈夫。念のためってだけだから。明日は普通に行動できると思うわよ」

女生徒は「よかった」と息を漏らし、エレベーターに向かった。

それを見送り、ノックして部屋に入る。中は薄暗い。足音に気をつけてベッドに近づくと、小さな寝息が聞こえてきた。

「……呼吸は落ち着いてるわね。私が来る必要なかったんじゃないかしら」

邪魔にならないよう、空いているベッド側の照明を点ける。暗闇の中に薄ぼんやりと、文乃の寝顔が浮かび上がった。唇をわずかに開き、熟睡している。

「……お友達が心配していたわよ。頑張るのは結構だけど、ほどほどにね」

静かに語りかけ、そして、つい、唇に軽く口づけてしまった。無意識で無断の行動に自分で驚いたけれど、手を焼かせた手間賃として容赦してもらおう。

「……そういう事なら、もうちょっと」

勝手に相場を上げて、もう一度だけキスをする。さすがにこれ以上は貰いすぎなので、いつものタンクトップと短パンに着替え、眼鏡も外して、ベッドへと潜り込んだ。

異変が起きたのは、ウトウトし始めた時だった。それも、文乃ではなく珠理自身に。布団の中で何かが動く気配を感じて目が覚める。心当たりは一人しかいない。サイドテーブルのライトが照らす隣のベッドには、案の定、人が抜け出た痕跡。

「……守本さん？」

名前を呼んだら伸し掛かられるような重みと共に、ひょこっと文乃が顔を出した。

「もう具合はいいのかしら？」

「はい、すっかり」

「それなら、私はもう用済み……うひゃぅ⁉」

起き上がろうとした珠理の首筋に、ゾクゾクが走った。文乃が阻止するように吸いついてきたのだ。快感が正中線を通って、一気に性器まで達してしまう。

「ちょ……やめなさいっ。あなたは病み上がりで、他の部屋には……には……んンッ」

タンクトップの裾から潜り込んだ指先が、肌を這い上がる。それだけで、身体中が痙攣し始める。乳房まで近づいたかと思ったら急にコースを変え、脇腹で円を描いた。

「ンっ、そこ……だめ……っ！」

度重なるエッチで、珠理の弱いところは把握されている。しかも最近の彼女は、焦らし攻撃がお気に入り。ただでさえ首筋への強烈な一撃で発情させられているのに、もう初心者とは呼べない手つきに弄ばれ、性感が昂っていく。

（こんな、学年丸ごとの生徒がいる中でなんて……）

久しぶりのエッチで胸が高鳴っているくせに、こんな時に限って、教員としての分別が邪魔をする。

（どうせなら、二人きりのチャンスに誘惑してくれたらよかったのに……）

なんて、病人には無理な相談を無駄に思考している間に、彼女は反対側の脇腹も同じように攻め立てた。

「あ、ひ……んヒッ！」

くすぐったくて、我慢できなくて、甲高い悲鳴が漏れる。キスで塞いでくれればいいものを、文乃は、目を細めて眺めているだけ。

「い、いい加減にしなさ……えっ⁉」

いったん引き剥がそうと掴んだ肩は、素肌。布団の中を覗けば、彼女の乳房の先端までが露わな状態。さらに目を凝らすと、床にパジャマや下着が散乱している。文乃のものだけでなく、珠理のパンツまで。道理で穿《は》いている感触がないわけだ。

「守本さん、あなた……最初からこのつもりで⁉」

「そ、そうじゃないですっ。そうじゃないけど……。せっかく治ったから、先生と遊びたかったのに……何もしないで寝ちゃうから……」

「当たり前でしょ！　病人に夜這いなんてするわけ……ひゃんッ」

至極真っ当な主張をしたら、それを非難するように乳首を抓られた。そして再び布団の中に潜り込むと、タンクトップを捲り上げた。乳房の裾に濡れた舌が押し当てられ、膨らみの麓をゆっくりとなぞる。

「ひ、ん……はぅンっ」

早く頂上を目指して欲しいのに、まるで手を出さなかった罰のように、なかなか先に進んでくれない。脇腹で遊んでいた指も鼠径部に移動し、脚の間の中心地へ向かうのかと思えば、直前で引き返してしまう。どちらも核心には触れず、そのくせ堪らない痺れに全身を覆われて痙攣が止まらない。

「珠理先生……気持ちいい？」

「は、あ……ん、んくっ」

気持ちいいに決まっている。頭の芯まで痺れてどうにかなりそうだ。でも友達に心配をかけているのに、エッチしたがるのは褒められた話じゃない。ここは、先生らしくビシッと叱ってやるのが筋。

「わ、私は何もしないわよっ。おとなしく寝てなさい！　でないと……ふぁ……」

脇腹を逆撫でされる。快感に思考を遮られて言葉が出てこない。

「うん、分かりました。先生がイッたら寝ます」

「ぜ、絶対よ？　私がイッたらだからね⁉」

自分で念押ししておいて、そういう事だろうかと首を傾げる。訂正しようと思っても考えがまとまらない。しかも珠理の忠告を守ろうとしてなのか、文乃の愛撫が次の段階へと一足飛びに進んでしまった。

「ふぁあっ⁉」

乳首と秘裂の同時攻略。右突起を指で、左突起を舌で弾き、淫裂の襞を小刻みに震わせる。まさかの三点攻めの急襲に、待ち焦がれていた身体は耐えきれない。

「そ、それ……それ、ダメっ！　ひっ、ん、きゅふっ」

バチバチと火花が飛ぶような快感が体内で暴れ回る。どんなに声を抑えようとしても、小刻みに漏れていく。そんな中、彼女の左手が乳首を離れた。どこを狙っているのかと思ったら、鎖骨を撫で、首筋を逆撫でし、耳の穴を優しく撫でる。

「ひっ⁉　そ、そこ……何でこんなに……はぅ、は、あ、あぁぁンッ‼」

軽く触っているだけなのに、もどかしいほどの快感にじっとしていられない。悶える声量が大きくなって、さすがに文乃もキスで塞いだ。その間も耳と淫裂は嬲られ続け、珠理は堪らず彼女に両手でしがみつく。

「はぅ、んぁ、ん、ちゅっ、じゅる、じゅぱ……じゅるるるっ」

無我夢中で舌を絡めているうちに、大量の唾液が二人の口腔を満たし始めた。わざと下品な音を立てて啜ると、異様なまでの興奮で頭の中が真っ白になる。それに拍車を掛けるように、文乃の指が淫裂を掻き回した。布団の中なのに、淫蜜が飛沫を飛ばす卑猥な音が聞こえてくる。

「凄い……。先生、上も下も涎がいっぱい……」

「そ、そんな事、言わないで……ふぁっ⁉」

そのたっぷりの唾液を塗りつけるように、首筋を舌が逆撫でした。左手で珠理の頭をしっかり抱え、耳の穴を舐め回す。

「ぴちゃ、くちゅくちゅ、れろ、ちゅぷん」

「あ、あ、あ……ふぁあぁぁぁ……ッ‼」

舌の感触は言うまでもなく、卑猥な水音が堪らない。身体に密着する少女の滑らかな肌が気持ちよすぎて、理性を狂わせる。珠理は、自分から何もしないと宣言した事を後悔した。けれど撤回するのも負けたみたいで、彼女の背中を撫で回すのが精一杯。

「ダメっ。守本さん……。耳、感じすぎて……や、あぁぁぁっ」

それはもはや敗北宣言なのだけど、そんな事で二人が止まれるはずがない。激しい身悶えで布団が床に落ち、自由度を増した文乃は、珠理からタンクトップも奪い去った。それを床に放り投げ、珠理の上を滑り回る。

「あ……。先生のおっぱい当たって……はぁ……はぁ……っ」

乳房同士、乳首同士が絡み合うのが、堪らなく心地いい。全裸になった二人は、背中も腰も淫猥に波打たせ、汗ばんでぬめる肌を擦り合わせる。

やがて彼女は下半身の方へと移動し、鼠径部に舌を這わせた。小刻みな動きでチロチロと舐め、頭に快感パルスを送り込む。

「ひ、ひっ、ヒッ！」

我慢できずに身体を丸める。文乃はその動きを利用して、珠理の太腿を持ち上げた。そして脚を肩に担ぐようにして、股間へ顔を近づける。

「そ、それ……だめ……」

彼女が何をするのか察し、戦慄する。身体が最高潮に快感を欲している今、それをされたら、フロア中に響くほど叫んでしまう。でも制止は間に合わない。本気で止めようと思えばできるはずなのに、自分から腰を寄せていく。

性器に彼女の吐息がかかる。触れる前から、舌が纏う唾液を感じる。

「…………ぺろ」

「――――～～～～っ!!」

超音波のような悲鳴が上がった。我慢したんじゃない。快感が許容範囲を超えすぎて、声にすらならなかったのだ。でもその分、次で倍の声を出そうと身体が勝手に備える。

「だめ、やめ……ん、ひぃッ」

今度こそやめさせようとするけれど、今さら手遅れ。文乃の舌に陰唇をくすぐられ、粘膜を舐め回されて、身体中が悦んでいる。焦らされ、待たされた分だけ貪欲になった淫欲が、体内でのたうち回る。

「ん、んあ、ひぁ、くぅぅぅン！」

少女の舌に思うさま蹂躙されて、腰が派手に跳ね上がった。でも今の彼女は口を離さない。しっかりと腰を捕まえ、まるで杭を打つように、舌先を膣口に突っ込んだ。

「ひっ、きゅうぅぅん」

悲鳴を堪えたせいで変な声になった。部屋の外に漏れるのを防ぐというよりも、文乃に聞かれるのが恥ずかしくて、両手で必死に口を覆う。なのに、それとは真逆に脚が開く。腰を浮かせて、彼女の唇と舌を受け入れる。

「あはぁ……。珠理先生、凄い格好。わたしも……あ、ん……ンっ」

文乃の声が変化した。切羽詰まったように喘ぐ。どうしたのかと思ったら、彼女は珠理を舐めながら、片手で自分を慰めていた。少女がオナニーしていると分かった瞬間、全身の欲情が沸点に達した。

「あぁぁっ。守本さん凄いっ！　や、あ、あ……イク……もうイッちゃう……！」

切迫した悲鳴に舌が加速する。欲情の上目遣いで珠理を見ながら、螺旋を描いて膣口を抉る。そんな彼女の股間からも、卑猥な水音が響き渡る。

「もう駄目イク……守本さん……だめ、もう……だめっ」

「わっ、わたしも……ん、んむ、じゅるるる、じゅるんっ」

必死になりすぎた文乃の舌が、膣口から外れて穴の縁を掠った。たったそれだけの衝撃

が、珠理の意識を弾き飛ばす。

「イッ……く……！　イク……きゅうぅぅぅぅっ！」

「わたしも……わたしも……せんせぇぇっ！」

二人の身体が同時に達する。珠理は両手で顔を覆い、文乃は性器に口を押しつけ、くぐもった声で全身を硬直させる。大きくバウンドする腰を止められず、何分もの間、体内を暴走する絶頂快感に耐え続けた。


「同室の子、心配してたわよ。後でちゃんとお礼を言っておきなさいね」

裸のまま、同じベッドの布団にくるまりながら、腕の中の少女に囁きかける。彼女は素直に頷いて、反省の意を示すように、珠理の乳房に口づけた。

「先生も……ごめんね。旅行の時間を奪っちゃって」

「そんなの気にする必要はないわ。個人的な観光ならともかく、私はお仕事で来ているんだから。でも、そうね……。守本さんがよかったらだけど……いつか、今日の分を一緒にやり直しましょうか」

髪を撫でながらの提案に、文乃が嬉しそうに微笑んだ。そして、約束の指切りをするように、二人は長い口づけを交わした。

第五章　私の恋人になってください

「あ……うん、ん……あぅん……」

もうすぐ放課後になろうかという午後、珠理は保健室に切なげな喘ぎを響かせた。

白衣を広げるようにしてベッドに寝ころび、白い太腿が見えるまでロングスカートを捲り上げて、下着の中で右手を蠢かせる。

「な、何でこんな事……はぁぁ……」

職場でする事じゃないなんて事、誰に言われるまでもなく分かっている。だけど、もう一週間も文乃の肌に触れていない。テスト期間を前にして、勉強に集中させるため、保健室への出入りを禁止したからだ。ただ、その代償として、体内に欲求が蓄積していった。我慢が続いたのは、たった二日。欲情を鎮めようと下着の上から軽く押さえたつもりが、衝動的に手を突っ込んで、最後までしてしまったのだ。

一度やってしまえば、後は坂道を転がり落ちるだけ。それからは毎日のように、こうして自分を慰めるのが習慣のようになってしまった。

「だめ、そこ……弱いから……守本さんっ」

下着の中を嬲るのは、文乃の手。差し出された少女の舌に、夢中になって吸いついていく。一週間前、しばらくお預けになるならと、彼女は珠理への奉仕を求めた。この身体の感触を覚えて、テスト勉強の励みにしたいと。その時の健気で懸命な愛撫が忘れられず、彼女の指使いを真似して自分の性器を攻め立てる。

「凄い……。上手よ、守本さん……ふぁ、あ……！」

お世辞でも何でもない。出会ってから半年近く。彼女の愛撫は、今まで付き合ってきた誰よりも上達していた。思えば、興味本位や好奇心ではなく、元から同性が好きな女の子は文乃が初めて。女性を愛する行為を知る事に、誰よりも熱心なのは当たり前だった。

「いい……いく、いく……」

いつも文乃がしてくれるように膣口を撫で回す。ここ数か月で感度が上がったその場所は、あっという間に珠理を快感の高みへ駆け上らせる。

「いく、いく……守本さんッ！」

心地いい電流が背筋を貫き、足指を突っ張らせる。絶頂痙攣の心地よさに身を委ねる。

「……はぁ、またやっちゃった……」

快感が引いてくると、わずかながら後悔と罪悪感に襲われる。職場でのオナニーだけでなく、生徒をオカズにとか、どれもこれも論外で褒められた話じゃない。

でも一番残念なのは、本物の文乃との時に比べて、快感が格段に小さい事。

「テストなんて、早く終わらないかなぁ」

おそらく、実際に試験勉強に苦慮しているどの生徒より、珠理の方が、よほどその時を心待ちにしていた。

テスト期間が終わった途端、あくびが出るほど暇だったのが嘘のように忙しくなった。

「先生、怪我人《けがにん》！」

「あらあら、大変」

放課後、膝を擦りむいた女生徒が、友人二人に付き添われて保健室に駆け込んできた。傷口を水で洗い流し、椅子に座らせ状態を見る。血が滲んでいるけれど、三日もすれば跡も残らないだろう。

「制服って事は、運動部じゃないわよね。何して遊んでたの？」

包帯を巻きながら尋ねると、本人と友人二人が、揃って珠理に抗議した。

「遊んでたんじゃありませんっ。ダンスの練習してたんです。わたしたち吹奏楽部なんですけど、引退する先輩を送り出す会で、音楽に合わせて踊ろうってなって」

「送り出す会？　ああ……そんな時期なのね」

引退する三年生をねぎらって下級生が出し物をするのが、この学園の習慣らしい。運動部は夏に引き継ぎを済ませているけど、文化部はこれからがピーク。文乃は部活に入っていないし、珠理も顧問をしているわけではないので、あまり関心を持っていなかった。

「すると、来年はあなたたちも送られる側になるわけね」

「先生、気が早いよぉ」

怪我人にまで「きゃはは」と笑われた。確かに、珠理もこの年頃には、一年後なんて遥か先の事だった。学生時代と感覚は変わっていないつもりだったけど、こうして現役世代と向き合うと、やはり差を感じさせられる。

「でもさ、もう進路希望とか出してるでしょ？　参考までに聞かせてよ」

「え～？　教えるのぉ？」

少女たちが笑って渋る。将来の夢を語るなんて恥ずかしいんだろう。

（……守本さんは、どうするのかな？）


その後、文乃が保健室を訪ねて来た。久しぶりにたっぷりキスを交わしたけど、当然、それだけで済むはずがない。

空が藍色になるまで絡み合っているうちに、帰宅を促す校内放送が流れた。

「わ……私たちも帰りましょうか」

絶頂の余韻が残る文乃の髪を撫でると、彼女は、のろのろと身体を起こした。ブラウスのボタンが留められるたびにブラが隠れていくのを、名残惜しく見送る。

（でも、気持ちよかったぁ～。……二週間ぶりくらい？　つい激しくしちゃった）

　前回は文乃の奉仕を受けたので、今回は珠理が彼女をたっぷり快感漬けにしてあげた。受け身になるのもいいけれど、やはり自分は攻め手が性に合っていると再確認する。

（でも……この子は、私とする事をどう思っているのかしら）

　昼間のジェネレーションギャップが、少しばかり尾を引いていた。そんなに差があるとは思っていないけど、年上である事に変わりはない。求めてきたのは文乃とはいえ、嫌になったり飽きたりはしていないだろうか。

　でも、直接それを尋ねる勇気はない。だから、少し遠回りな感じで話題を振ってみた。

「そういえばね、守本さん」

「はい」

　制服の上着に袖を通しながら、文乃が振り返る。エッチ慣れしたとはいえ、彼女は珠里に正面を向いて着替えができない。恥じらいを忘れないでいてくれるのが妙に嬉しい。

「今日、保健室に来た子たちと将来の話になったの。それで思ったんだけど、守本さんの夢って何かな。やっぱり小説家になる事？」

　徹夜してまで応募しようというのだから、やる気は相当なはず。

「そ、それは……その……」

　文乃はいつもの困惑顔になった。デビューもまだなのに、気が早すぎたかもしれない。それならばと、そんな彼女に自信を持たせるため、珠理は将来像を勝手に語り出した。

「凄いなぁ。受賞したら、あなたの本が書店で平積みになるんでしょうね。売れっ子になって有名になって……。あ、美少女小説家としてテレビなんかに出ちゃったりして！」

「や、やめてください。わたしは……」

文乃が真っ赤な顔を俯かせる。作家志望の彼女より珠理の方が想像力を働かせ、妄想の域にまで暴走し始める。

「その時は……誰が、あなたの隣にいるのかしら」

誰と言いながら、思い浮かべていたのは自分。執筆している彼女の横で紅茶を淹れる、甲斐甲斐しいエプロン姿。

（あら。もしかして、これって一緒に暮らしてる？　という事は、食事も寝るのも、当然お風呂も……ってやだもぉ！）

次々と浮かんでくる光景に赤面。もはや文乃のためじゃなく、自分だけで楽しむ有様。

「…………え？」

突然、文乃の低い声で現実に引き戻された。焦って彼女を振り返れば、唖然というか、呆気に取られたというか、信じられないものを見るような目をしている。

猛烈な羞恥が、急激に珠理を襲った。これではまるで、新婚生活を夢見る乙女。

（やだやだ、私ったら何を……！）

おめでたい頭の中を覗かれたみたいな気がして、平常心が地平の彼方に飛んで行った。

頭が沸騰し、目が回る。思考が空転して、後ろめたさを隠すように言葉を並べ立てる。

「そ、そういえば締め切りっていつだっけ。もう書き終わったの？　よかったらでいいけど私にも読ませて……」

「あの……！　も、もう帰らないと……。さ、さようならっ」

無駄な質問攻めに辟易したのか、文乃は言葉を遮り立ち上がった。そしていつになく大雑把なお辞儀をすると、ぱたぱたと小走りで出て行った。まるで、何かに追い立てられるように。置き去りにされた珠理は、お喋りの形で固まったままそれを見送る。

「いっぺんに色々聞きすぎたかしら」

それとも、何か気に障るような事でもしてしまったのだろうか。


日曜日、珠理は繁華街に出かけた。特に目的があったわけじゃない。ただ何となく、気分転換にぶらぶら歩きたかっただけ。

「やっぱり、守本さんも誘えばよかったかなぁ」

先日の逃げるような帰り方が気になって、できなかった。怒っていた様子はない。でも明らかに隠し事をしている態度。

「また小説に行き詰まっていたとか？　……ま、私だって守本さんに全部を話しているわけじゃないし。内緒のひとつやふたつ、あって当たり前でしょ」

自分を納得させ、適当なデパートに入店した。服やバッグ、靴などを見て回る。でも何も買う気が起きなくて、ただ時間を持て余す。

「少し早いけど、お昼にでもしようかな」

レストラン街は最上階。エスカレーターを探し、宝飾店の前を通り過ぎる。

「……珠理？」

最初、自分が呼ばれたとは思わなかった。そんな呼び方をする人と、しばらく会っていなかったから。でも、その声が記憶の中にあった気がして、振り返る。

「やっぱり珠理だ。久しぶりー」

「郁美《いくみ》？」

軽く手を振る、二十代半ばの女性。まさかと思った。もう二度と会う事はないと思っていた。三年前に珠理を捨てて海外に行った、昔の恋人。

「すっごい偶然ね。珠理はお買い物？」

「ううん、ただブラブラしてただけ。郁美は？」

「わたしは……ちょっとね」

レストランで早目の昼食を摂りながら、三年ぶりのお喋りに花を咲かせる。

彼女もまた、珠理と「好奇心」で付き合ったひとり。関係は一年足らずで終わった。そんな相手と、わだかまりもなく話をしている事に自分で驚く。

(三年も経てば、気持ちの整理がつくものなのかしら)

珠理の恋愛相手の中では一番長く続いた人。それだけに、当時は今度こそという気持ちが強く、お別れした時は最高に辛かった。

「で……ミュージカル女優はどうなったの？」

彼女はそれを夢見て日本を出たはず。こんなところにいるはずがない。

「何度か舞台には立ったよ。でも、実力主義の世界で通用するのは難しくて……」

「……諦めちゃったの？」

夢を持ち続ける大切さを文乃に語った時、郁美を引き合いに出してしまった。その彼女が挫折したのでは、説得力を失ってしまう。

「本場でのミュージカルはね。今はこっちに戻って劇団に所属してる。今度、舞台を見に来てよ。向こうでの経験があったおかげで、こう見えても看板女優なんだぞ」

「そっか……。良かった」

形は少し違っても、やりたい事を追い続けている彼女に安心した。また文乃に何かあった時、励ませる材料になるかもしれない。

食事を済ませ、お茶でまったり。言葉の少ない時間が流れる。すると不意に、彼女が妙な事を言い出した。

「珠理ってさ……今でも女の子が好きなの？」

「どうしたのよ、急に。……うん、そうね。そこは全然変わらない」

文乃が、頭に浮かぶ。けれど彼女は恋人じゃない。だから、実質的には現在フリー。

「そっか……」

ずっと明るく楽しく話していたのに、急に黙り込んでしまった。ティーカップを両手で持って、中に残った紅茶を、どこか寂しそうな目で見詰めている。

「珠理はさ、わたしが、お遊びであなたと付き合ってたと思ってるでしょ」

「違うの？　ていうか、郁美が自分で言ったのよ？　女の子同士っていうのも興味あるから、試してあげてもいいよって」

「そうだっけ。わたし、ずいぶん酷い事を言ったのね」

郁美が、寂しげに睫毛を伏せた。

「あれは……ね、照れ隠しみたいなものだったのよ。自分が、本当は女の人が好きだっていう事に本気で向かい合えなくて。だから、珠理に声をかけられた時、自分を試すつもりでOKしたの。でもね……だんだん、あなたを本気で好きになってきちゃった……」

「え、じゃあ……」

驚きすぎて、次の言葉が出てこない。郁美も遊び感覚だとばかり思っていたから、もう一歩、本気の恋に踏み出せずにいた。それなのに、彼女がそんな風に思っていたなんて。

（全然、分からなかった……）

やがて夢が勝って珠理を捨てた。そこまでは理解できる。ただ、それならば、女性を好きという恋愛指向とは向き合えるようになっていたはず。

「じゃあ……その薬指の指輪は何？」

本当は、再会した時から気がついていた。でも、そこに触れたくなくて、知りたくなくて、あえて見ないふりをしていたのに。

「うん。結婚、するんだ。同じ劇団の人と」

女性が好きだと告白したばかりなのに、今度は男性と結婚するという。彼女の考えている事が分からなくて、少なからず困惑する。

「本当は結婚なんて考えてなかった。っていうと彼には悪いけど……。でも周りが……特に親が許してくれなかったのよ。好きな事を続けたいなら身を固めて安心させろだって。勝手に海外に行った負い目もあったから、突っぱねきれなくて……」

周囲の無理解や軋轢《あつれき》、プレッシャー。様々な葛藤と戦ってきた思いが、言葉に滲む。

「珠理が相変わらず女の子を好きって言って、羨ましかった」

指輪を回して弄ぶ彼女の表情を、どう理解すればいいのか分からない。だから、その手を取って、思いきって正面から尋ねた。

「……幸せになれそう？」

郁美の目が、丸くなる。まるで、その事を初めて考えたかのように。そして、珠理を見詰め返し、柔らかく微笑んだ。

「分かんない。でも、なるつもり」

もしかしたら、今、この瞬間に気持ちが決まったのかもしれない。彼女の背中を押せた誇らしさと責任、そして、わずかばかりの後悔で、胸が重くなるのを感じた。


「女性同士を貫くって、そんなに大変な事なのかしら」

仕事中、何度も郁美の事を思い返した。

近年は、同性でも結婚と同等の権利を認めてもらえる自治体も出てきている。でも郁美の場合、制度の問題ではなかったんだろう。そういう意味では、放任主義の家庭に育った珠理は、幸せだと言えなくもない。

「幸せ……かぁ」

もちろん考えてこなかったわけじゃない。ただ今までが今までだけに、生涯を共にできる人と巡り合うなんて、もう無理だろうと思い始めている。

「……守本さんとも、長く付き合いすぎたかな」

ここまで惰性でズルズル来てしまったけれど、そもそもは、彼女が立ち直るまでという約束。最近の彼女は明るいし、多分だけど、将来の夢も持っている。目的は果たせたと考えていいんじゃないだろうか。

それ以前の問題として、珠理と文乃は先生と生徒。公になれば失職や退学の可能性だってある。ましてや女性同士なんて、下世話な週刊誌の格好のエサ。

「私……ずっと、そんな関係を守本さんに強いてたの？」

彼女が望んだからなんて、そんなの言い訳。大人の珠理が強く突っぱねれば済んだ話。もしかしたら、もっと彼女にとって有益な出会いがあったかもしれないのに、珠理が運命を捻じ曲げてしまった可能性だってある。

肌を合わせられる存在を手離すのが惜しくて、その事実から目を逸らし続けていた。

「そろそろ、なのかもしれないな……」

あれから、文乃は姿を現さない。どう別れを切り出そうか悩んでいたけど、自然消滅になるなら、それでもいいかもしれない。

思い返せば、振られた事はあっても、振った経験は皆無。今までの恋人たちが、どんな気持ちで珠理に別れを告げたのか、深く考えた事がなかった。

「嫌われて終わるのは、後味悪いなぁ……。サヨナラを言う方も、結構辛いものなのね」

今になって理解するなんて、まだまだ人生経験が足りない。先生なんて呼ばれる立場になった以上、生徒たちの良きお姉さんでいなければならないのに。

「あー、でもモヤモヤするぅ。終わりなら終わりって、はっきり言ってよ。これじゃ私も次の恋ができないじゃないっ！」

そんなに恋愛がしたいなら、勝手にすればいい。文乃に断りを入れる必要なんてない。新しいカノジョですと紹介したって、何の不都合もない相手なのだから。

「……そういうわけにはいかないでしょう」

立ち直ったかどうかを決めるのは、文乃自身。珠理が勝手に判断して、逆に心の傷を広げる結果になったら、どう責任を取ればいいのか。

「病院だって、患者が医師の許可なしに退院しちゃいけないのよ？」

机に突っ伏し、少女への不満を並べる。心も身体もスッキリしないけど、自慰をする気持ちにもなれない。

それから、さらに一週間が経った。もしかしたら文乃がいるかもと思うと、図書室からも足が遠のく。夏にはあんなに身体を重ね合ったのに、こんなに顔をみない日々が続くとは思わなかった。

「結局、人の心って移ろいやすいものなのね……」

いよいよ契約終了の実感が迫る。失恋なら、もう何度も経験してきた。これは恋の終わりとは違う。そのはずなのに、いつも以上に、胸が押しつぶされそうに重い。

悶々とし続けるのは、辛い。翌日、珠理は文乃に話を聞きに行く事にした。結局、携帯番号やメールアドレスの交換をしていないので、直に顔を合わせるしかない。

といっても、表向きは密接な関係のない間柄。人前で声をかけるには建前が必要だ。彼女が歩いていそうなところを狙い、偶然を装って適当な用事を見繕う以外にない。

「……よしっ！」

放課後のチャイムと同時に立ち上がる。しかし、その瞬間、職員会議があるのを思い出した。自らの失態に出端《ではな》を挫かれる。

しかも、素行不良の生徒がいるので注意するようにという連絡事項に冷や汗をかいた。深夜の繁華街で遊び歩いているという目撃情報なので、珠理や文乃とは無関係。だけど、いつ自分たちが議題に上っても不思議はない。

そして保健室に戻れば、生徒が絆創膏を求めて駆け込んでくる。

(女子ならそれくらい持ってなさい！　守本さんに会う時間がなくなっちゃう！)

こんな日に限って忙しいもの。焦りを覚えるけれど、だからといって手抜きや八つ当たりをする保健医は失格だ。文乃に顔向けできない先生にはなるまいと、自分を奮い立たせて職務に当たる。

それでも、帰宅の時間が迫ってくると、気持ちが落ちてきた。業務日誌をパソコンに打ち込み、電源を切って、仕事はおしまい。

「今日も会えなかった……」

白衣をロッカーにしまい、ショルダーバッグを持って立ち上がる。すると、視界の端が奇妙なものを捉えた。開いた扉の外に、幽霊のような立ち姿。二度見して、逆にギョッと背筋が凍った。

「…………先生」

「……………も、守本さん？」

心拍数の上がった胸を押さえ、もう一度姿を確かめる。まさか彼女の方から会いに来るとは思わなかった。急に、胸に感激のようなものが込み上げてくる。どうしてこんなに嬉しんだろうと、自分でも驚くほどに。

昂揚《こうよう》は、すぐに鎮静化した。文乃が、ひどく思い詰めた顔をしている。

「すごく久しぶりな気がするわね。でもどうしたの、こんな時間に」

珠理は平静を装った。相談事かもしれないのに、自分が動揺していては話にならない。椅子を勧めると、彼女は静かに腰を下ろした。外はすっかり暗くなっているけれど、少しくらいお喋りをする時間はある。

ただ、別れ話をできる雰囲気ではなさそうだ。

「元気だった？　……て聞くのも変ね」

苦笑いで会話を促す。彼女は、目を合わせようとしない。脚の上に置いた手を、落ち着きなく何度も組み直す。

「先生……あの……。わたしのお願いって……どういうもの、でしたっけ」

「お願い？　何か約束してたかな。えーっと……まず、あなたを元気づける事よね」

「それです」

それでいいのかと、拍子抜けに近い驚き。

(改まってそんな話を持ち出すなんて……)

嫌な予感が、急に湧き上がってきた。

「先生、わたしね……。告白、されたんです」

足元が崩れ、目の前が真っ暗になる感覚。一瞬、彼女の声が遠くなって、慌てて首を振って正気を保つ。

「へ～、驚いたぁ。で、相手はどんな人よ？　男の子？　それともやっぱり女の子？」

自分でも驚くほどの、抑揚のない声。前のめりになって、いかにも興味ありそうな顔をするけど、感情が乗ってこない。

それをどう感じたのか、文乃は、横を向いて、短くぽつりと告げた。

「……先輩、です」

「……へぇ」

彼女が「先輩」とだけ呼ぶからには、春に振られたという、あの少女。意外ではあるけれど、夏にプールで見せた態度を考えればありえない話でもない。

「先輩、男の人とケンカして別れたって……。それで、やっぱりわたしと付き合っておくべきだったって、言ってくれたんです」

プールで盗み聞きした話とだいたい同じ。最近になって、再び返事を迫られたんだろうか。文乃は関係を戻す事に躊躇していたはず。それをこうして報告しに来たという事は、返事に迷っているのか、それとも――。

(もう、OKした?)

この数か月の間に、彼女の思考を微妙な表情で読めるようになった。そう思っていた。ずいぶん自惚れていたものだ。こんな肝心な事が、ちっとも分からない。

(でも、そんなの確かめる必要はないかな。決めるのは、守本さん自身だから)

そうじゃない。珠理は自分を責めた。必要がないのではなく、確かめるのが怖いだけ。

(まさか、守本さんの方から別れ話をされるなんて)

決めたにせよ迷っているにせよ、彼女なりに一生懸命に考えたはず。それが、この一週間という時間。

でも、あの少女に文乃を任せていいんだろうか。また傷つく事にはならないだろうか。

逡巡が拭いきれない。正解を探して何度も自分に問いかける。

「へー、良かったじゃない!」

逡巡と葛藤の末、珠理の頭は考えるのをやめた。能天気に張り上げた声に釣られて、文乃が弾かれるように顔を上げる。

「まさか、例の先輩がよりを戻そうだなんて、さすがに私もびっくりよ。でもこれで、やっと好きな人と両想いになれたのね。おめでとう」

ベラベラと、自分で呆れるほど淀みなくよく喋る。半分は本心だった。

女性同士で交際する事の難しさは、珠理もよく知っている。それでも、先生と生徒なんかより、ずっと健全。彼女にとっての心理的負担は、比べものにならないほど軽くなるはず。それにその先輩は、一度は駄目になった相手。この数か月で強くなった文乃ならば、万が一、再び破局を迎えたとしても、必ず乗り越えられる。

だから、珠理は、彼女の背中を押すと決めた。

「でもこれで失恋ケアも終了ね。私もお役御免……」

——ぱぁんっ！

保健室に、破裂音が響いた。何の音か理解しようにも、頭が働かない。そうしているうちに、頬がジンジン熱くなった。痛いと感じたのは、そのさらに数秒後。目の前で、涙目の文乃が、平手を振り抜いた格好で立っている。

(私、この子に叩かれた？)

なぜ叩かれなければいけないんだろう。そして、彼女はなぜ涙を浮かべて、怒った顔をしているんだろう。いくつもの疑問が頭に浮かび、何ひとつ答えを得られない。

文乃の恋愛がうまくいったら珠理は用済み。それが、あの雨の日の約束。めでたく恋人を得て成就したのだから、何も間違っていないはず。

「先生の……馬鹿っ」

そう言い残し、少女は保健室から駆け出して行った。

教員に対して、ずいぶんと失礼な生徒だ。言葉遣いも態度もなっていない。

珠理は、のろのろと立ち上がった。保健室に鍵をかけ、職員室に残っている先生に挨拶し、駐車場に歩いていって車に乗り込む。

「………何で？」

分からない。何もかもが理解できない。バックミラーに映った自分が、ぼろぼろと泣いている理由さえも。

珠理は、手の甲でそれを拭い、車を出した。けれどたいして進まないうちに、再び涙で視界が曇る。そうでなくても、運転するだけの気力が身体に残っていない。

路肩に停めて、バッグの中からスマホを取り出す。そして、ごく最近登録したばかりの番号に、電話をかけた。

「ごめん、急に呼び出しちゃって」

「ううん、大丈夫。……どうしたの。目が真っ赤よ？」

三十分後、駅前のホテルのロビーに、郁美が姿を現した。お酒の飲めるバーにでも行きたい気分だったけど、あいにく、そんなお洒落な店を知らない。とにかく静かな場所を求めた結果、適当な待ち合わせ場所がここしかなかった。

「えっと……珠理もわたしも車だから、お酒は駄目ね」

いっそ飲んで酔ってしまいたい。けれど、真面目な元恋人は、珠理を健全なホテルのレストランへと連れ込んだ。

「で、どうしたの？　また失恋？」

不躾《ぶしつけ》すぎる郁美の問いに、肩が、怯えたようにピクンと跳ね上がる。その反応に、珠理自身が驚いた。

「失恋……の、わけ、ないのよ」

「……わけがない？」

切れ切れに答えると、郁美が怪訝そうに眉を寄せる。怒っているようにも見えて、珠理は、ますます肩を竦めた。

「だって……好きになっちゃいけない相手、だから……」

「何それ、既婚者とか？」

ふるふると首を振る。生徒という事は絶対に秘密。文乃のためにも口外してはいけないと誓い、唇を閉ざす。けれど、そんな煮えきらない態度に呆れた元恋人は、わざとらしいほど大きな溜息を吐いた。

「あのねぇ……。わざわざ呼び出しておいて何も喋らないとか、許されると思う？　あなたのプライベートに干渉しようとは思わないけど、事情も分からず聞き役になれるほど、わたしは優しくないわよ」

「う……。ごめん……」

優しくないなんて、そんなの嘘。彼女は、全部吐き出してスッキリしろと言っているのだ。そうと分かっていても、失せた気力と、別れた相手に甘えてしまった後ろめたさで、謝る以外の選択肢がない。

「……珠理って、女の子しか好きになれないでしょ？　世の中には、そういうのにいい顔をしない人がいっぱいいる。それを知っているあなたが話せないって事は……」

郁美が、目を覗き込んでくる。それに耐えられず、顔を逸らす。

「生徒、なのね」

「違う。好きになったんじゃない。あれは恋愛感情じゃないっ」

言い当てられて、動揺して、否定するところを間違えた。向きになるあまり、事情の本質を半ば口走ってしまう。

「そこまで言っちゃったんなら、全部白状しなさいよ。心配しないで。何があっても、誰にも漏らしたりなんかしないから」

それに関しては、前面的に信用している。この人は、珠理はもちろん、文乃の不利益になるような事は、絶対にしない。

「そうよ。郁美の言う通り。でも……私は、ただ慰めてあげたかっただけなの。失恋したあの娘が寂しくなくなるまでの、ただの遊び相手として」

その役目は、今日、終わった。この日が来るのは、最初から分かっていたはずなのに。

「──あの娘、どうして私の頬を叩いたんだろう……」

「本当に分からない？　いつから珠理は、そんなお馬鹿さんになっちゃったの？」

「………え？」

郁美の瞳が「本当は分かっているくせに」と珠理を責める。真っ直ぐに、怒りを含んだ視線で。でも不意に、ふっと柔らかく微笑んだ。

「ねえ珠理。わたしね、あなたと別れてしまった事、すごく後悔した。もちろん夢を諦めるつもりなんてなかったわ。でもそれって、好きな人を犠牲にしなくちゃいけない事だったのかな。一緒に来てっていう選択もあったのかもって、今でも時々考える」

何が言いたいんだろう。煙《けむ》に巻くような言葉に翻弄されるのは、もう御免だ。

「もしあの時、珠理が一緒に来てくれていたら……別の今があったんだと思う」

「でも、過去は変えられないわ。今となっては……」

「そうよ。その選択をしなかったから、今があるの」

穏やかに、でも力強く、郁美が珠理の手を握った。

「その子は、わたしと一緒に来なかった珠理と出会ったのよ。そしてあなたも、その子に出会った」

「郁美……？」

「……泣くほど後悔する相手なら、諦めようとするんじゃないわよ、馬鹿」

また馬鹿と言った。でも、彼女の言う通りだ。答えは、もの凄くシンプル。こんな簡単な事を、どうして今まで分かろうとしなかったのか。

「でも、もう手遅れ……」

「いいから早く行きなさい。多分、大丈夫だから。もし駄目だったら、今夜くらいは慰めてあげる」


来てしまった。文乃の家へ。高台にある、ごく普通の住宅街の、ごく普通の一戸建て。ベランダのある二階の窓が明るい。あれが彼女の部屋だろうか。

背の低い格子の門扉は、開いている。そこから三歩先に、玄関のドア。二メートルに満たない距離が、ひどく遠い。門柱のインターホンに手を伸ばす。けれど指先が細かく震えて、小さなボタンに狙いが定まらない。

珠理は左手で右の手首を掴み、息を呑んで意を決する。

「ちょっと待った。ご両親がご在宅かもしれないわ。何てご挨拶すればいいの？　何しに来たって説明すればいいのよ！」

なのに、決意は一瞬で萎んだ。元恋人に背中を押されたはいいものの、この期に及んでの準備不足に尻込みする。手土産も持っていないし、やっぱり後日、学園で……なんて臆病風に吹かれてしまう。

ピンポーン。

「わぁ⁉」

なぜかインターホンが鳴った。手が震えて勝手に押してしまったのだ。うろたえるあまり逃げようかと身構えたけど、この歳でピンポンダッシュはさすがにない。だいたい、押した時点でカメラにばっちり顔が映っている。

三十秒ほど、沈黙が続いた。それは、まるで家の中での葛藤が伝わってくるような、緊張に満ちた永劫の時間。

鍵の開く小さな音がして、少女が姿を現した。瞬間、頭が真っ白になった珠理は、小走りで玄関の中に飛び込んだ。

「せ、せんせ……！」

背後でドアの閉まる音がする。腕の中で、文乃が息を詰まらせる。

「ごめんなさい！」

まず謝った。いきなり抱きすくめた事もそうだけど、他にも色々ありすぎて、何に対してなのか自分でも整理がつかない。

「痛いです、先生……」

腕の中で文乃が身じろぎする。いつもは温もりを感じる、彼女の身体。それが今は、無機質な棒を抱いているようだ。でも離す気にはなれない。解放してしまったら、この小鳥が二度と戻って来ない気がして、怖くて、動けなかった。

「離してください。わたし……先生のものじゃないのに……ッ」

言葉が、ナイフのように縛《いまし》めを断ち切った。腕から力が抜けて、文乃は廊下に上がって逃げる。元から珠理のものだったわけじゃない。それでも彼女の静かな拒絶は、わずかな希望を地の底に叩き落とすに十分すぎた。

「玄関先では何ですから……どうぞ」

他人行儀に、文乃は二階の部屋へ案内した。珠理は、操り人形のように力なく項垂れ、階段を無言で上がる。

そこは、文乃の部屋だった。空色のカーテンと、薄桃色の絨毯《じゅうたん》。そして大きな花柄のベッド。小説や漫画が並ぶ本棚の上には、数個のぬいぐるみ。それ以外はあまり飾り気のない、ごく普通の女の子の部屋。

どうせ初めて通されるなら、もっと楽しい時がよかった。今は人生で最悪の気分。

小さなクッションを勧められたけど、それは遠慮し、絨毯の上に正座した。彼女も同じく、向かい合って正座する。

「……さっきお話ししましたよね。わたし、先輩に告白されたって。そして先生は、それを良かったって言いました」

「それは……！」

言い訳をしようとして、言葉を呑み込む。後悔に弱気、体面や良識。様々な感情や思考が頭の中を飛び交って、唇を固まらせる。世間体を気にして別れようとしたくせに、今さら何をしようというんだろう。

怒らせた相手に何を言っても、もう手遅れじゃないんだろうか。

（……そういえば、守本さんは何に怒ってるの？）

顔を上げる。文乃が、正面から見据えている。内気な彼女が顔を強張らせ、珠理の言葉を待っている。

これは、怒っている時の顔じゃない。

——泣くほど後悔する相手なら、諦めようとするんじゃないわよ。

郁美の言葉が、珠理に覚悟を決めさせた。考えたら勇気が引っ込む。その前に、感情の赴くままを言葉に乗せる。

「守本さん。私……あなたが、好き」

文乃が、息を呑んだ。垂れ気味で気弱そうな目が、大きく真ん丸に見開かれる。

「先生が、生徒に言う事じゃないって分かってる。でも、もう駄目……。私、あなたを好きになっちゃったみたい……」

「先生……」

「最初は、あなたを元気づけられれば、それでよかった。本当にそれだけだった。なのに……もう、それだけじゃ済まなくなっちゃった……」

珠理の中から溢れる言葉は、これが全部。他にも色々と言いたい事、言わなければならない事があるはずだけど、そんなの、おまけのようなもの。

「先輩と付き合うように言ったのは、嘘だったんですか」

「……そうよ。あんなの嘘」

「先生は、わたしのためを思って、身を引こうとしたんですか」

そうだと答えるのも分別を気取るようで、俯きながら小さく頷く。

質問が、途絶えた。彼女の顔を見るのが怖くて、下を向いたままでいる。すると、小さな嗚咽《おえつ》が聞こえてきた。目を上げると、文乃が両手で目を擦りながら泣いている。

「ごめん……なさい、先生……。ごめんなさい……」

どうして彼女が謝っているんだろう。罵られても蔑まれても、全部受け止める気でいた珠理は、呆気に取られた。

「叩いてごめんなさい。ひどい事言ってごめんなさい。だって……先生が、わたしのそばにいてくれないから……」

「え……え……？」

急に話が飛んで混乱した。この一週間の事を言っているなら、離れて行ったのは、むしろ文乃の方のはず。困惑する珠理に、文乃が上目遣いで恨めし気な視線を向ける。

「わたしがデビューして人気作家になったら、その時は隣に誰がいるんだろうって」

「……………は？」

確かにそんな事を言ったけど、あれは、まさに珠理自身を想定したもの。でも彼女は、そうは受け取らなかった。一緒にいたいと願っていたのに、珠理が違う未来を描いたような発言をした。突き放されたと感じても不思議はない。

「ごめんなさい。あれは深い意味があったわけじゃ……。いいえ、違うわね。教員と生徒が、いつまでもこんな関係を続けられるわけがないって、そればかり考えていたから」

それが、文乃をこんなに悩ませる事になるなんて、想像すらしなかった。

（……ちょっと待って。それじゃ、守本さんも私の事を……）

一瞬、気持ちが昂揚し、直後に再び沈んでいく。彼女を抱き締めようとした腕が力なく下がり、お尻をぺったりと床につけて項垂れる。

「そんな事なら……もっと早く、自分の気持ちに気づいておけばよかった。もっと早く、あなたに好きって伝えられていれば、こんな事には……」

「……こんな事？」

失意に項垂れる珠理を見下ろすように、文乃が首を傾げた。

「だって！　守本さん、先輩さんと付き合う事になったんでしょう⁉」

「そんな事、わたし言ってません」

「……はい？　え、だって……。じゃあ、あの告白って……」

目を丸くして動揺する珠理に、涙目になっていた文乃が、クスリと薄く微笑んだ。

「告白されたとは言いましたけど、付き合う事になったとは、ひと言も言ってません」

「………………あ」

騙された。いや、珠理が勝手に早合点しただけ。

「確かに、先輩に誘われました。でも、その場でお断りしました。遊び半分でコロコロと相手を変えるような人とは、お付き合いできませんって。それなのに、先生が付き合えなんて言うから、わたし……悲しくなって……つい……」

引っぱたいてしまったというのか。彼女の中にそんな激情があった事に驚かされる。

文乃は姿勢を正し、表情も引き締めた。

「先生は、わたしが好きですか？」

改めて正面から尋ねられ、緊張する。けれど、もう迷いなんてなかった。

「好き。守本さんが、好きです」

「わたしも、珠理先生が好き……です。もう、先生しか、好きになれません……」

自分の言葉で恥ずかしくなったのか、文乃が耳まで真っ赤になって顔を伏せる。さっきまで絶望感に打ちひしがれていたのに、彼女の純情な仕種を久しぶりに見たら、お腹の奥に住まう淫欲の虫が、節操なくウズウズ蠢き始めた。

「も、守本さ……！」

キスしたくて飛びつこうとしたら、差し出された文乃の腕が、つっかえ棒のように珠理の額を押し留めた。

「な、なんでぇ⁉」

晴れてめでたく両想いになったのに、どうしてキスを嫌がるんだろう。

「わ、わたし……怒ってます。こんなに先生が好きなのに、全然気づいてくれなくて、わたしにいっぱい悩ませて、傷つけて……！」

「そ、それは申し訳ないと思ってるけど……」

だからといって、告白もせずに「好き」という気持ちを察しろなんて、さすがに無茶。珠理だってたくさん傷ついたし、お互い様だと主張したい。だけど文乃に機先を制され、しかも年下の子と同じ駄々を捏ねるのは、大人として非常に格好悪い。

「だからキスしちゃいけないの？」

「じゃなくて……ば、罰を受けてくださいっ」

「ば、罰ぅ⁉」

本当は同じ立場なのに、珠理だけ罰だなんて理不尽な。しかし、文句を言うつもりはなかった。珍しく、彼女が強気に出ようとしている。ここは大人の余裕で受け止めてあげるべき。エッチな奉仕なら大歓迎。そうでなくても、文乃が珠理を困らせるような事を要求するわけがない。

「分かりました。いさぎよく罰を受けましょう。何をすればいいの？　またオナニーでもお見せしましょうか？」

ピクンと、彼女の肩が跳ねる。わずかに見せた上目遣いは、狙い通りと言わんばかり。しかも何かを思いついたように目を丸くし、でも再び赤い顔を伏せてしまう。

「あの……あの……」

そして、俯いたまま窓を指差した。これから罰を下そうという側が恥ずかしがってどうするんだと思いながら、カーテンが閉められているそちらに視線を向ける。

「べ、ベランダで……」

「ベランダで？」

「ベランダでオナニーしてくださいっ！」

文乃が、精一杯の声を張り上げる。珠理は、目をパチクリさせて彼女を見た。それは、外で、という意味だろうか。でも、そんなのきっと聞き間違い。今日は色々と動転しすぎて、耳がおかしくなっているんだろう。

「守本さん、もう一回……」

「全裸で！」

クラっとなった。念のために聞き直そうとしたら条件を増やされた。

「いやいやいや、お待ちなさい！」

オナニー自体は、やぶさかではない。というか前にも見せている。だから罰にはならないというのは理解できるとして、ベランダは論外。だって、ここは住宅街。車の通りは少ないようだけど、まだ夕食の時間帯だし、人目につかない保証はない。

「だ……大丈夫ですっ。わたし、自分で試した事、ありますからっ」

「えぇっ⁉」

きっぱり言いきった。大人しい顔をして何て大胆な。それとも、いつか珠理にやらせようと企んで、準備と試行を重ねてきたんだろうか。

「ででで、でもホラ、えーっと……そう、親御さんの目だってあるし！」

通行人より先に、そちらに知られる危険性が大。けれどその懸念さえ一蹴された。

「親ならいません。今日は両親とも留守です。先生、今さら何を言ってるんですか？」

そういえば、家人の気配をまったく感じない。家の前では両親の存在を気にしていたのに、文乃の顔を見た途端、完全に頭から吹っ飛んでいた。どれだけ緊張していたんだと自分に呆れるけれど、それはともかく、拒否する最後の砦を失った気分。

少女の目が、次第に爛々と輝き出す。泣いたり怒ったり、今日は彼女も忙しい。そして今は、期待に満ちた視線で、早く早くと急かしている。

「え……ええっと……」

いさぎよく罰を受けると言った以上、翻意は許されない。

(そうよ。こんなもの、守本さんに嫌われると思ったら何倍も楽よ！)

珠理は立ち上がり、服を脱ぎ始めた。スカート、ブラウス。そして下着。その間、文乃は床に座り込み、陶然とした瞳で見上げていた。

「本当にするの？」

裸の胸を隠し、最後にもう一度、確認する。文乃は無情にも、大きく頷く。経験豊富といっても、珠理は割とノーマルなプレイしかしてこなかった。まして、屋外自慰なんて考えた事すらない。車内の方が、密室である分、まだ安心できた気がする。

カラカラとサッシを開ける。さすがに少し肌寒い。それ以上に、緊張で震える。ベランダは意外に広く、一応、柵は衝立《ついたて》で目隠しされているけれど、そんなもの、何の安心材料にもなってくれない。

中央には、オープンカフェなどにある屋外用の一人がけソファが置いてあった。何も聞いていなければ、彼女が陽光の下で読書をしている姿などを思い浮かべていただろう。

（こ……この子が、ここに座って……）

文乃の視線に促され、布張り調の座面に腰を下ろす。すかさず、彼女が正面にしゃがみ込んだ。特等席で鑑賞する魂胆のようだ。といっても、珠理を照らすライトはないので、その位置では細部は見えないだろう。この暗さが、せめてもの救い。恥ずかしいなら、さっさと終わらせてしまうに限る。

「じゃあ……始めるわね」

左脚を上げ、ひじ掛けに乗せる。大きく開いた股間に、少女が生唾を飲み込む。その音に誘われるように、珠理は、秘裂に指を這わせた。

「…………ん」

まだ濡れていない割れ目を、ちょっと強引に開く。でも文乃と目が合った瞬間に、身体が瞬時に熱くなった。裸の自分と、着衣の少女。辱めを受けているという実感が急に湧いて、股間がソワソワと疼き始める。

「あ……あ……っ」

とろっと、最初の雫が指を濡らした。それが呼び水となって、後から後から、淫熱を孕んだ蜜が溢れ出す。指の動きも感触も滑らかになって、ぐちゅぐちゅと卑猥な水音がベランダに響き始める。

「あ、やっ……んッ！」

閑静な住宅街に響きそうになる声を、必死に飲み込む。このまま適当にイッたふりをして、早めに終わらせてしまおうか、なんてズルが頭をよぎる。すると、まるでそれを見透かしたように、文乃が珠理の左手を掴んで胸へと誘導した。

「んんンッ！」

背中がビクンと跳ね上がった。寒さと緊張で硬くなっていた乳首が、わずかな指の接触で大量の快感電流を放出したのだ。堪らず仰け反り目を閉じる。我慢できずに、過敏な乳突起を思いきり摘み上げる。

「あ、痛……っ。ん、あっ」

痛いのに、股間からどぷどぷと蜜が零れてしまう。珠理は足指を強張らせながら、胸を夢中で揉みしだき、陰唇を激しく震わせる。

「ひ、あ……。凄、い……凄い……！」

肌を掠める風が、外である事を思い出させる。けれど、その緊張感が焦燥となって、全身に痺れるような快感を行き渡らせる。焦燥は尿意を呼び、尿意が、絶頂を予感させる。

「……先生の指、凄い。やらしい……。それに、ピンク色がキラキラ光って綺麗……」

上擦った声で文乃が呟く。内腿に吐息がかかり、さぞかし間近で凝視しているんだろうけど、この暗さで色まで分かるはずがない。

「――!?」

ちらっと薄目で様子を窺ったら、文乃がペンライトで珠理の性器を照らしていた。予想外の事に驚いて、反射的に脚を閉じようとする。けれど彼女は肩でそれを阻止。はぁはぁという息遣いで珠理の羞恥を煽り立てる。

「あ、待って……待って！」

必要以上の驚きと焦りで、急激に催してきた。なのに指が止まらない。襞をぐちゃぐちゃと掻き回し、自ら危機に迫っていく。

「ちょ……守本さ……そこ、危な……どいて！」

聞こえているはずなのに、文乃は動こうとしない。それどころか凄い凄いと繰り返し、ますます股間に顔を寄せる。珠理が自分でどけばいいのに、頭に血が上ってそんな事すら思い浮かばない。内腿がプルプル震えて、我慢の限界がやってくる。

「だ、だめっ！　ホントに、出ちゃうから……どいて、出ちゃう！」

近隣に響くほどの声で警告したせいで、逆に内腿への警戒心が疎かになった。油断した一瞬の隙を突くように、股間から水流が、放物線を描いて勢いよく迸る。

「きゃあ!?」

文乃が悲鳴を上げて尻もちをついた。辛うじて避けたそのすぐ脇に、珠理のお漏らしが水溜まりを作っていく。

「先生……おしっこ⁉」

「あ、あ……あぁぁぁぁ……」

彼女の驚く声が再び内腿を強張らせ、水流が勢いを増した。生徒の前で、それも外で、先生がおしっこをお漏らし。これ以上ない羞恥と、それを遥かに上回る解放感に身体を震わせて、珠理は、最後の一滴まで絞りきった。


「お、お願い守本さん……。シャワーを……」

「ダメです。生徒の家でおしっこを漏らすような先生には、お仕置きです」

粗相をした恥部は、ウェットティッシュで拭っただけ。後始末もそこそこに、全裸になった文乃に押し倒された。竦めた肩に腕を回され、耳を甘噛みされながら、綺麗にしたばかりのところを、躾のように思いきり掻き回される。

「や、守本さん、激し……ん、あっ！」

たった一本の指で陰唇を弾かれるだけで、腰や背中が跳ね回る。でも小柄な少女の細い手足に全身を搦め捕られ、思うように動けない。もどかしさは被虐的な快感へと容易に転化し、激しく淫部を疼かせる。

「や……あぁぁんっ。そ、そんなにされたら、また……また……！」

「またおしっこ漏らしちゃう？　今度はわたしのベッドの上で？」

「ご、ごめんなさい……ふぁあぁぁぁっ⁉」

一度やらかしてしまったばかりに、少女の言葉責めに容易く屈する。熱い声で囁かれながら耳を舐められ、堪らないゾクゾクに背筋を貫かれる。おしっこを漏らすまでもなく、悲鳴が絶え間なく迸る。

「あぁぁ先生、好き……好きぃ……ん、ちゅ、じゅるっ」

「も、守本さん……はぁ……あ、む、じゅる、じゅるるるっ」

唇を塞いだ文乃が、舌ごと唾液を吸引する。その衝撃で頭の中が真っ白に染まる。失恋ケアという建前がなくなった途端、まるでタガが外れたように求め合う。

「ふぁ、ふぁ……守本さん、強すぎ……んむぅぅっ！」

羞恥で真っ白になった頭でも、快感を貪る事だけは忘れない。少女の頭と背中を抱き寄せ、唾液まみれの舌をねっとりと絡みつかせる。彼女もそれに応え、逆に唾液を流し込んできた。二人の舌で攪拌された粘液が、ぴちゃぴちゃと密やかで卑猥な音を奏でる。

「ぷぁぁぁ……。んふ……」

文乃が唇を離した。もっとキスを続けたい珠理は、舌を伸ばしておねだりする。もちろん彼女が終わりにするはずがない。二人分の唾液を纏った舌が、首筋を舐め上げた。

「ひッ、んぁぁぁぁ……！」

ゆっくり、焦らすように逆撫でされて、甘電流が身体の中心を直撃する。淫蜜が流れ出し、内腿を流れ落ちる。その感触で失禁したと錯覚し、頭がさらに沸騰する。

でも、それは序章に過ぎなかった。鎖骨に唾液の跡を残し、乳房に螺旋を描き、乳首に粘液を塗りつける。潤滑油で鋭敏になった突起を弾かれ、もっと大きな電気を流し込まれて身体が跳ね回る。

「ど、どうしてこんな……ひンッ」

半年前には愛撫の経験もなかった娘に、こうも翻弄されるなんて。でもテクニックだけの問題じゃない。気持ちの変化が、快感をより素直に受け入れさせる。

「あ……あ……あっ！」

正中線を下った唇が、恥毛を咥えて引っ張る。少しそこで寄り道して、鼠径部に吸いついた。ビリビリ痺れる快感に悶えると共に、核心部分に迫られ期待に胸が膨らんでいく。

でも、直前で戸惑った。そこはさっき失禁したばかり。綺麗にしたとはいえ、やっぱり舐めてもらうわけにはいかない。

「あ、待っ……。ひ、あ、あ、ふぁぁぁっ!!」

間に合わなかった。文乃の舌に、淫裂を下から上へ、思いきり逆撫でされる。申し訳なさも恥ずかしさも、快感の前には無力。彼女は何の躊躇もなく、淫裂を掻き分け、こじ開け、奥まで舌を捻じ込んだ。膣口周りの粘液をくすぐられ、ピンク色のパルスが視界を覆うように乱舞する。

「ひゃん、んぁン！　守本さん、いい……気持ちいい！」

漏らした事などすっかり忘れ、少女の舌に屈服する。彼女に強制されるまでもなく自ら脚を広げ、容赦のない快感に歓喜の涙を流す。

「ん、あ、あん、ふぁぁぁぁッ！」

瞬く間に絶頂に追いやられ、珠理は背中を大きく弓なりに逸らせた。涎を垂らしてビクビクと痙攣するその顔の上に、文乃が見下ろすように跨がった。

「先生……」

言われなくても分かっている。今度は珠理が奉仕する番。

腰がゆっくりと降りてくる。近づく淫裂が、オイルを塗ったように濡れている。今にも垂れ落ちそうな粘液の泉を舌に感じた瞬間、舐め取りながら奥に突っ込んだ。

「きゅひン‼」

文乃が甲高い悲鳴を上げた。浮きかけた腰を捕まえて、強引に引き戻す。経験の差を見せつけてやろうとか、仕返ししてやろうなんて、微塵も思わない。ただ彼女を気持ちよくさせたい一心で淫唇を掻き回す。

「ぴちゃ、くちゃ、れろれろ、じゅるん」

「ひゃ、あんっ。先生、すご……ひぃン！」

彼女の腰が前後に波打つ。円を描いて踊り狂う。あの内気少女が、こんなにいやらしく成長してくれて、嬉しさのあまり胸がいっぱいになる。

「あ、あ……先せ……ンあぁぁッ！」

文乃が仰け反った。お尻や腰が激しく引き攣り、珠理の舌に大量の蜜を垂れ流す。

「守本さん……」

呼びかけると、彼女は痙攣する身体を強引に動かし、上に重なってきた。目を閉じて舌を伸ばし、自分の蜜まみれになった珠理の舌を丁寧に舐め取る。

「先生ぇ……。もっとしたぁい」

「私も……まだ足りない……」

少女の甘えた声に欲情を刺激される。でも身体を起こそうとしたら、掌で押し留められた。彼女は百八十度回転し、ふたりの脚を交差させる。そして、十センチの至近距離までふたつの女性器を接近させた。

「いっぺん、やってみたかったんです」

「どこで覚えたの？　いやらしい娘」

ふたりは、目を細めて微笑み合う。でも珠理は、内心で動揺していた。貝合わせは、実は初体験。それを、まさか年下の彼女に誘われるなんて。表向きの余裕とは裏腹に、未熟と笑われたらどうしようと不安に駆られる。

そんな心配をよそに、文乃が腰を寄せる。ふたつの淫裂が、ぴったりと密着する。

「はぅん！」「ひぁぁぁンッ!!」

悲鳴が重なった。でも珠理の方が大袈裟なほど大きく喘いだ。女性器同士が口づけのように吸いつき合い、柔らかな濡れ襞同士が絡み合う。それは、今までに感じた事のない感触。なまじ性経験が豊富なだけに、初めて知る快感を受け止めきれない。

「あん、あん、あぁぁンッ！」

混乱している間に、文乃が先に動き出した。身体を起こし、珠理の脚を抱え、円を描くようにしてグイグイと性器を押しつけてくる。年下少女に主導権を奪われ、完全に受け身で悶えまくる。

「せ、先生……気持ちいい!?」

「い、いいっ！　気持ちよすぎて……ふぁ、あふぅっ」

ぬめぬめの襞が絡む感触と、全身がビリビリ痺れるような、複雑な感触。快感を制御できない珠理は、身体を捻り、上半身だけうつ伏せになって逃げようとした。でも脚を抱えた文乃に引き戻されて、さらに密着されてしまう。

「やぁぁっ。守本さん許して……わたし、わたし……ひぃぃっ」

「あはっ。先生、いいの？　そんなにいいの!?　ねえこっち向いて。先生が感じてるお顔を見せてっ！」

「やん、やんっ。だめぇぇぇ」

くいっと腰を捻られて、上半身が再び仰向けにひっくり返される。彼女だってこのプレイは初めてのはずなのに、完全に珠理を手玉に取っている。

「あんっ。珠理先生、可愛いっ。気持ちいいの、我慢できないのね。もっと、もっと可愛い顔、わたしに見せて！」

「やん、だめ。見ないで……やぁぁぁ」

文乃が意地悪く笑う。きっと変な顔をしているからに違いない。羞恥に耐えきれなくなって、両手で顔を覆って隠そうとした。けれど波打つ腰に淫裂を刺激されて身体が思うように動けず、無様を彼女に晒してしまう。

「あぁ、いい……。珠理先生のここ、気持ちいい！」

少女が腰を打ちつけながら足の甲に舌を這わせる。そんなところを舐められた事のない珠理は、またも襲う未知の快感に怯えて打ち震える。

「やだやだ、そんなとこ舐めちゃ……ンあぁぁ……！」

文乃のプレイが、だんだん大胆になっていく。恋人になって開き直っただけじゃない。さっきの失禁の直後から、彼女は妙に強気になって、逆に珠理は萎縮するばかり。お互いに変なスイッチが入ってしまったのか、一方的な展開で絶頂に追い詰められる。

「も……守本さんっ、だめ許してっ。おかしくなる……変になっちゃう！」

「変になって！　先生、わたしで気持ちよくなって！」

女性器が擦れ合い、ぐねぐねと変形する感触が頭を狂わせる。ずっと年下の少女に苛められているのに、全身に悦びが満ちていく。

「おかしくなっちゃった……。わたし、変になっちゃったよぉ！」

でもそれが堪らなく嬉しい。今まで感じた事のない幸福感と羞恥に包まれ、快感の高みへと吹き飛ばされる。

「イッちゃう！　守本さん、私……イクッ……んあぁぁぁぁっ！」

「先生、わたしも、一緒に……ふぁ、ふぁっ、やぁぁぁぁぁん！」

激しい脈動が体内を衝き上げた。口づけた淫裂と、身体と、そして心を震わせて、二人は、絶頂の快感を貪り続けた。

「……小説家になること、ご両親に反対されてるの？」

二人は裸のままで抱き合って、快感の残り火が引いていくのを待っていた。文乃を傷つけた事を改めて謝ったら、彼女は珠理の胸の中で、申し訳なさそうに首を振った。

「反対されているっていうか……。それでやっていけるのかって何度も聞かれて。そんなの、わたしが一番知りたいのに」

親と揉めていた事も、文乃を不安定にさせていた理由のひとつだった。そこへ先輩の誘惑があって、珠理に見放されたと思い込んで。この一週間は、彼女にとって、最も苦悩に満ちた期間だったみたいだ。

「そんな事なら、私に相談してくれたらよかったのに。………あ」

見放されたと思っていたから、相談できなかった。先輩の件で鎌をかけて、珠理の心を確かめるのが、彼女にとっての精一杯だったのに。

「私、保健医失格ね……。生徒の……ううん、こんな可愛い彼女の悩みに気づいてあげられなかったなんて」

「あ、でも小説の事は、自分で決めないと。わたしの将来の事だから。もう一回担当さんと相談して、親を説得してみせます」

「そう。私が力になってあげたいけど、それは出しゃばりすぎね……」

しかし珠理は「ん？」と首を傾げる。文乃に担当がいるという事は。

「実は……デビューが決まりました。ホントは、珠理先生に真っ先に教えるつもりだったんですよ？」

「そうなの⁉　おめでとう」

揉め事のせいで報告が遅れたと、恨み言ついでに乳首を甘噛みされた。

「それじゃ、お祝いしなくちゃね。何がいいかしら……」

「あの……ひとつ、いいですか？」

胸の谷間から、おずおずと、少女が上目遣いで手を挙げる。

「いいわよ。何が欲しいの、守本さん」

「……その守本さんって、やめてもらえますか。わたしは、もうずっと前から珠理先生って呼んでるのに……」

それは、意図しての事だった。彼女との関係に、一線を引くために。これは失恋ケアであって恋愛ではないのだと、自分に言い聞かせるために。

けれど、もうその必要はない。

「えーっと……。じゃあ……文乃」

「は……はい。珠理、先生……」

自分から言い出したくせに、名前を呼ばれて恥ずかしがっている。答える声も消え入りそうだ。それに珠理には「先生」が付いたまま。

(不公平だけど……これはこれで、背徳感が残って悪くないわね)

恋が成就したおかげなのか、そんな事を考える余裕まで生まれてきた。図に乗っていると自嘲するけど、今日ぐらいは許す事にする。

「んー。でも、せっかくのお祝い、それだけでいいの？」

彼女は満足してくれたようだけど、珠理の方が物足りない。それに、彼女の目が、まだ何か言いたそうに右へ左へ泳いでいる。

「じゃ、じゃあ……それじゃ……」

見抜かれたと感じた少女は、意を決し、大きく開いた目で見詰めてきた。

「そ、卒業したら……先生と一緒に住んでいいですか⁉」

「え、ええ⁉」

「受賞できたのは、先生のおかげなんです。先生と一緒にいると、お話が次々と浮かんでくるんです。先生と一緒に………一緒に、いたい……」

どうやら、最後の部分がお祝いの本命。受賞に絡めた部分は照れ隠し。大胆になったように見えて、文乃らしい内気さが残っているところに、変な安心を覚えてしまう。

「それって、プロポーズ？」

ストレートすぎる珠理の問いに、彼女の口元があわあわと狼狽する。

「そ、そ、そう受け取ってもらって………そうですっ」

少女は遠回しな言い方を途中でやめ、自信たっぷりに大きく頷いた。ちょっとからかったつもりなのに、真剣な瞳で求婚されて、今度は珠理が動揺してしまう。

こんな日が来るなんて、夢にも思わなかったから。

本気で愛される事を、諦めかけていた。ただ、偶然出会ったこの少女を手離したくないと駄々を捏ねただけ。それなのに、こんな幸せを手に入れて許されるんだろうか。

「私なんかでいいの？」

「私なんか、とか言っちゃ駄目なんですよ？」

少女がにっこり微笑みかける。前に自分が彼女に言った事なのに、仕返しされた。

(私……この娘と幸せになっていいのね)

二人は見詰め合い、そして、どちらからともなく唇を寄せた。

それは、誓いのキス——のつもりだったのに。

「あ……ん、ちゅ、ちゅぱっ」

自然に舌も伸びて、絡み合う。相手の背中を抱き寄せて、乳房や乳首を撫で回す。瞬く間に快感を貪り始めてしまうけれど、でも、いつもとは違う事をするのだと、二人で感じ取っていた。

「はぁ……はぁ……」

文乃が、喘ぎながら珠理を見上げる。それを見詰め返しながら、彼女の脇腹を爪の先でくすぐった。

「あ……ッ」

小さく跳ねて反応した文乃も、仕返しに鼠径部を撫でてくる。ゾクゾクする快感に、珠理も思わず熱い溜息を漏らす。

「ん……」

文乃が上になった。唇を重ねながら、互いの股間に指を差し入れる。そこはもう、ずっと濡れたまま。柔らかな襞と、滑らかな粘膜、そして硬く尖った陰核を余すところなく探り、撫で回す。

「先生……」

妖しい薄目で微笑む文乃が、唾液を流し込んできた。何も言わなくても、お互いのしたい事が不思議と分かる。それを受け取った珠理は、口の中でクチュクチュと混ぜ合わせて送り返した。何度もやり取りした二人の口に、たっぷりの唾液が溜め込まれる。

「んふっ」

文乃は目を細め、珠理の上で身体を反転させた。目の前に、彼女の秘部がやってくる。二人は相手の股間に顔を埋め、唾液のミックスジュースを淫裂に塗りつけた。

「先生、先生……っ。はぁ、あぁぁ……ちゅ、じゅる、じゅるじゅる、じゅるん」

「ふぁぁぁっ、ンあぁぁっ」

少女の舌に嬲られて、珠理は身体を震わせた。細い腰にしがみつき、自分の愛液と二人分の唾液が混ざり合う音を聞く。しかし負けてはいられない。眼前に輝く恥裂に舌を伸ばし、こちらも唾液を塗りつける。

「や……あぁぁん、珠理先生ぇぇン」

甘えた声のバイブレーションに頭が芯まで痺れる。さっきは指でまさぐった恥裂を、今度は舌で隅々まで嬲りまくる。淫襞を分け入った先の膣口を、念入りに、念入りに、唾液を塗り込むように舐め回す。

「ひゃっ。先生……。ン、んむ、ちゅ、れろっ」

彼女も同じように膣口を突いてきた。舌先を縁に沿わせ、穴の中にまで唾液を流し込んでくる。

「文乃……文乃ぉ……！」

名前を呼ぶと、彼女が振り返った。珠理も彼女を見詰め返す。二人はゆっくり身体を起こし、脚を交差させて、乳房が潰れるほどしっかりと抱き合った。相手の髪を掻き上げながら、くねくねと顔を左右に動かしながら唇を求め合う。

キスをしながら、二人は見詰め合った。最後の意志を確かめ合うように。

「珠理先生、わたしの初めて……貰ってください」

「私の初めても……文乃にあげる」

「……先生ってバージンだったんですか⁉」

さりげない告白に、文乃が目を丸くする。

「だって……本当の、本物のカノジョって、文乃が初めてなんだもン……」

「先生……」

甘えた言い方になってしまい、ちょっとだけ恥ずかしい。けれど彼女は笑う事なく、それどころか、感極まったように瞳を潤ませた。

「…………ん」

もう一度、唇を重ねる。そして、そろそろと、右手が珠理の脚の間に降りていく。珠理の指も、文乃の秘部へと歩みを進める。

「……………ンッ」

二本揃えた指先が膣口を捉えた。いつもなら、ここを撫で回すだけ。でも今日は違う。二人はお尻を浮かせ、相手の指先を自らの秘穴に当たるよう狙いを定め、そして――。

「んあっ……文乃……っ」「せ、先生……先生……あぁっ！」

ゆっくりと、確実に、膣穴へと埋め込んでいった。身体が裂けるような激痛に、絶頂時とは比べ物にならないほど全身が強張る。恋人の身体にしがみつき、互いに頬を擦り合わせて痛みに耐える。そして視線が絡み合った瞬間、指が、一番奥まで到達した。

「「あぁぁぁ……あ、あ、あぁぁぁぁ!!」」

意識が薄れかける。混じり合うふたつの絶叫が、遠くに聞こえる。けれど恐怖はなかった。だって、指には彼女の破瓜《はか》の血が纏わりつき、自分の胎内に、彼女の指を感じる。

それは、この上のない幸福感。

「珠理先生……好き、好きぃ……」

「私もよ、文乃。愛してる……」

二人は、胸が満たされる思いに涙を流しながら、長い、長い、口づけを交わした。

エピローグ　あなたの虜になってあげる

クリスマスも近い十二月半ば、ひとりの女生徒が保健室を訪ね、力強くお礼を述べた。

「先生のお陰で、うまくいきましたっ。これでイヴを一緒に過ごせます！」

「お役に立てたのなら嬉しいわ。でも学生らしい節度を持って……彼氏さんと仲良くね」

最後の部分を、内緒話のような小声でウインクすると、彼女は満面の笑みを見せる。そして何度もお辞儀をして、スキップのように足取り軽く部屋を退出していった。

さて仕事に戻ろうかという時、背後から誰かが抱きついてきた。責めるような口調で、耳元に顔を近づけてくる。

「珠理先生。また女の子に男の人を紹介したの？」

「またって何よ。そんな事、一度もしてないでしょ。どうしたら仲良くなれるか聞かれたから、軽くアドバイスしてあげただけ」

「ふーん」

文乃はとぼけ顔でベッドに腰かけた。その陰に隠れていたのだから、さっきの女生徒との話もしっかり聞いていたはず。だからなんだろう。彼女は不満げに唇を尖らせた。

「どうして男の人との恋愛相談なんて受けるの？　女の子をお勧めすればいいのに」

「そういう相談事が来たらね。でも、みなさん男子をご所望なんだもの。私だって、可愛い女の子が男性に興味を持つのはやるせないわ」

「だったら……！」

文乃が身を乗り出すけれど、立てた人差し指を小さく突き出し、それを遮る。

「よそはよそ。私たちは、私たちで幸せになりましょ」

「……うんっ」

さっきの生徒に負けないほどの、満面の笑みを文乃が見せる。彼女だって、別に全世界を女の子同士の恋愛で満たそうと考えているわけじゃないだろう。

「あーあ。世界が女の子同士の恋愛でいっぱいになればいいのに」

どうやら考えていたみたいだ。驚き呆れて眼鏡がずれる。どこまで本気か分からないのが、この少女の怖いところ。

(でも、そんなところが可愛いのよね～)

表情には出さず、心の中だけでニヤニヤする。完全にのろけだと分かっていても、そう感じてしまうのは仕方がない。それに文乃ほどではないにせよ、珠理も似たような事を考える時があるので、思想的に違和感はなかった。

「それより守本先生。新作を書かなくちゃいけないって仰ってませんでした？」

「う……っ」

文乃が渋い顔になる。受賞作が文庫本として発売する事が決定し、早速《さっそく》、その続編を書くように言われたらしい。

「あれって綺麗に完結させたつもりだから、続きって言われても全然思いつかなくて」

ベッドのシーツに指で「の」の字を書いて拗ねる。だいぶお困りのようだ。

「あのお話、恋愛要素もあったでしょ。さっきみたいな相談は参考にならない？」

「人の悩みを勝手に使うのは、ちょっと……」

その人様の相談内容に文句を言っていたくせに、個人情報とプライバシーには律義に配慮するのが文乃らしい。

「だから参考程度にだってば。そのまま使ったら、それはもちろん駄目でしょうけど」

「う～ん……」

腕を組んで苦悩している。例の受賞作は女の子同士の話。だから参考にならない――のではなく、単純に男子がらみの話に興味を持てないだけ。性別を変えて応用してもよさそうなものなのに、若さゆえか融通が利かない。

(これは……新作を読めるのは先になりそうね)

苦笑して仕事に戻る。パソコンを打っていると、腹ばいになった文乃が、頬杖を突いて脚を交互にぱたぱたさせながら、その様子を眺めていた。

しばらくして珠理が一段落するのを見計らい、文乃がコーヒーを用意した。

「ところで……最近、恋愛相談が多くないですか？」

何が気に入らないのか、マグカップを両手で持って、さっきの話を蒸し返してきた。でも、それは珠理も疑問に思っていたところ。

「普通に、クリスマスが近いからじゃないの？」

でも、文乃は目を閉じ小さく首を振る。

「……珠理先生に彼氏ができたって、もっぱらの噂です」

危うくコーヒーを吹きそうになった。まさか浮気を疑われたのかと、大慌てで全否定。

「お、男なんていないわよ⁉」

「分かってます。でも……その、幸せオーラが出てるって、みんなが……」

自分で話題を振っておいて、赤くなった顔の半分をカップで隠す。どうやら彼女にも、のろけたい気持ちがあったみたいだ。ただ、他の人にというわけにはいかないので、自ずと相手が珠理本人になってしまっただけの事。

それはそれとして、初恋している乙女じゃあるまいし、そんなに浮かれ気分が態度に現れているんだろうか。

「まったく自覚がないんだけど……。他人の目って怖いわ」

「これに懲りたら、無闇に恋愛相談なんかに乗るの、やめてくださいね」

忠告しながら、文乃がカップを洗いに立ち上がる。しかし、あまりにさりげないというか、素っ気なさすぎる仕種に、珠理は不自然なものを感じ取った。

「んー。もしかして、私が他の子に構ってるものだから妬いてるの？」

「ち、違いますっ。ただ、先生の人気が出すぎちゃったら嫌だなって……」

それが妬いているという事なのではと思ったけれど、口には出さない。

気持ちを確かめ合って恋人同士になったとはいえ、まだまだ二人とも未熟。ちょっとした切っ掛けで相手が離れてしまうかもという不安は、常に付きまとっている。

拗ねた表情になった文乃は、ベッドにうつ伏せになり、枕に顔を埋めた。

「ここは、わたしと珠理先生の聖域なのに……」

そして、くぐもった声で不満を漏らす。何度も身体を重ね合った、そのベッド。占領したい気持ちは痛いほど分かる。

「馬鹿言ってないの。学園の備品を私物化できないでしょ」

しかし一応、保健医の立場として釘を刺す。文乃は、苛立ちのぶつけどころを求めて脚をジタバタ暴れさせた。根が真面目な少女なので、そんな事は言われなくても分かっている。だからこそ、フラストレーションを溜め込んでしまうんだろう。

でも、今まさにそこを私物化したいのは、実は珠理の方。少女の白く清らかな生足に、生唾を飲み込んでいた。彼女がバタ足をするたびにスカートが捲れないかなと期待するけど、残念ながら、制服の生地はそんなに軽くない。

「………先生、どこ見てるんですか？」

身体を傾け、必死に中を覗いていたら、ばれた。若干の軽蔑を含む据わった目を向けられて、素知らぬ顔で机に向かう。彼女は身体を起こしてしゃがみ込む格好になると、両手でスカートの前を押さえながら睨みつけてきた。

「わたしのパンツなんて、何回も見てるじゃないですか」

「そうなんだけどぉ……でもほら、パンモロよりパンチラの方が、ロマンを感じない？」

くるりと椅子を回転させて文乃の方を向き、指を立てて苦し紛れの主張をしてみる。

「何ですか、それぇ。でも……すっごく分かります！」

分かるのかよと、目を丸くして心で突っ込む。しかし、内気な分だけ暴走しがちな少女は、それだけでは留まらなかった。

「わたしも先生のパンチラ見たいのに、どうしていっつもスカート長いんですか⁉」

「きゃあ⁉」

予想外の苦情申し立てだけでは飽き足らず、素早く珠理の足元にしゃがんで豪快にスカートめくり。慌てて押さえたので下着は死守したけれど、太腿が付け根まで丸出し状態。

「ンもう、珠理先生のケチ。わたしのは無断で見ようとしたくせに」

「悪かったわよ。謝りますっ」

軽い気持ちで頭を下げる。しかし、それはしてはいけない事だった。文乃に対して安易に謝罪をしてしまうと、次に必ず、待っているものがある。

恐る恐る顔を上げると、予想通り、少女が目を細めて不気味な笑みを浮かべている。

「そんな謝り方で、わたしが許すと思いますかぁ？」

膝立ちになった文乃が、妖しい手つきで珠理の頬を撫でる。指先が耳から顎へのラインを辿ると、寒気にも似たゾクゾクが背筋をくすぐる。

「ご、ごめんなさい……」

真っ直ぐな視線に耐えられず、目を逸らす。けれど軽く頬を押されただけで、強制的に戻されてしまう。

欲情を含む、文乃の瞳。濡れたそれに見詰められると、珠理は身体が竦んで逆らえなくなる。多分、というよりも、明らかに彼女の家での粗相のせい。ショックが大きすぎて、そんな心理が刷り込まれてしまったとしか思えない。

「いけない先生には、お仕置きですよぉ」

「な、何をすればいいの……？」

尋ねながら、体温が上がっていく。胸がドキドキ高鳴っていく。

「んー。まずはぁ……オナニー、見せてもらおうかなぁ」

「そ、そんな……無理よっ。まだこんな時間に……！」

抵抗してみせるけど、口先だけ。このスリルの要求に逆らう意思なんてない。手を引かれるがままベッドに押し倒される。見下ろす少女が無意識に舌なめずりするのを、興奮に息を詰まらせながら凝視する。

「……見せて」

「あ……はぁぁぁ……」

覆い被さる少女に囁かれ、珠理は、熱い吐息でそれに答えた。言われるまでもなく、脚の間が疼いて仕方がない。彼女に欲情の目で見られた瞬間から、下着が濡れている。

「ン……ッ！」

スカートをたくし上げるのももどかしく、下着の中心に指を這わせる。掠った程度の接触で、堪らない電流が頭を貫く。でも、底布をめくって直に触れようとしたら、その手を文乃に掴まれてしまった。

「まーだ。もう少し我慢してください」

「そ、そんな……あんっ」

彼女のもう一方の手が、太腿を逆撫でした。ビリビリ痺れる快感が、お預けをくらった性器を直撃。もどかしい疼きが倍増し、淫裂を掻き毟りたい衝動に激しく身悶えする。

「やんっ、やぁっ。触らせて、お願いっ！」

「あぁん。悶えてる先生、可愛いっ」

流れる苦悶の涙を舐め取って、文乃が声を弾ませる。せめてキスして欲しくて舌を伸ばすと、彼女も唇を寄せてきた。しかし、それは高まる期待を嘲笑うようにコースを外れ、首筋に吸いついてきた。

「ヒッ、あぁぁぁぁっ！」

目を見開き悲鳴を上げる。チュウチュウ吸われて全身に痺れが行き渡る。我慢を強いられている最中に、その刺激は強すぎた。腰が勝手に浮き上がり、脚もジタバタ暴れ回る。

「ひぁん！　やめ……それ、感じすぎて……ひぃぃ」

「珠理先生。声、大きすぎです」

口に指を突っ込まれた。夢中で舌を絡みつかせ、彼女の言う事を守ろうとする。

「あぶ、んぷ、んぐっ」

喘ぎながら舐め回すうちに、指は唾液でベタベタに。彼女は満足そうに微笑んで、引き抜いたそれを、今度は自分の口に含んだ。

「んふ、美味し……」

舌を伸ばし、見せびらかすように指についた唾液を舐め取る。少女の卑猥な仕種と淫靡な笑みに、全身の肌がゾクリと粟立つ。激しい欲情を掻き立てられて、待てを強いられている秘裂が我慢の限界を迎える。

「お願い、もう……あ、あん、ンあぁぁぁっ」

懇願したその瞬間、掴まれていた手首が解放された。同時に下着を脱がされて、珠理は喘ぎながら股間に両手を突っ込んだ。陰唇に触れただけで絶頂しそうな悦びが走る。それを懸命に耐えて割れ目を開き、右手の指で内側の襞を嬲った。

「ひ、ひっ、ヒィッ！」

まるで初めての自慰のように、襲い来る快感に驚愕する。欲情の涙を浮かべた目には、微笑みながら見下ろしている文乃が映る。発情し、快感に喘いでいる顔を見られているのかと思うと、羞恥で身体が燃え上がる。性器を掻き回さずにいられない。

「やん……文乃、見ちゃヤダぁ……」

「そんなの無理です。可愛いですっ。ほら聞こえますか？　先生のあそこ、ぐちゃぐちゃって、いやらしい音、すっごくしてますよ」

「やだやだ、言わないでぇっ」

彼女の声が上擦っているのが、さらに羞恥心を煽り立てた。首を振って駄々を捏ねるのに、指は止まらない。見られたくない心とは裏腹に、脚が大きく開いてしまう。指を増やして襞を震わせ、粘着音を派手に奏でる。

「すごい……ぐしょぐしょ……。お尻まで垂れて……あぁぁ……」

「ンッ、ひっ⁉」

不意に、下腹部に圧迫感を覚えた。膣口を押し広げられる感触と共に、彼女の指が体内へと侵入してくる。予告もなしの挿入に、自慰の指が強張ってしまう。

「ちょ、いきなり……ンあぁっ」

「あぁ凄ぉい……。指、どんどん先生に吸い込まれちゃう……」

苦情もお構いなしに、文乃はさらに奥まで押し込んできた。しかも彼女の言う通り、多少の息苦しさがあるとはいえ、挿入にほとんど抵抗を感じない。膣肉が吸いつき、襞が絡んでいくのを感じるのに、指の出し入れが極めてスムーズ。

「ほらほら分かる？　先生の膣、こんなに滑らかですよ」

「そ、それは……文乃の指に慣れたからで……」

「違います」

「ひぃぃンっ」

指が、咎めるように半回転した。膣肉を捩じられて、堪らず腰が浮き上がる。愛液という名の潤滑油が多量に溢れ出し、さらに彼女の動きを助けてしまう。

「こんなに濡れ濡れじゃ、慣れとか関係ありませんね。ほら、気持ちいいですかぁ？」

「き、気持ち……ひゃ、んぁ、はひっ！」

「あれぇ。先生ったら、お返事できないのぉ？」

それは百パーセント彼女のせい。激しい抽送に唇も顎もガクガク震えて、言葉にならない。でも返事ができない罰に、さらに内側の淫肉を掻き回される。もうオナニーを披露するどころじゃない。強引な愛撫に、一気に絶頂まで飛ばされる。

「や、やだ……イク……。そんな、激し……ひ、あ、ンぁぁぁっ!!」

少女の指を咥え込んで腰が躍る。開いた脚が伸びて突っ張る。淫裂から溢れた蜜が、お尻の下の白衣に染み込んでいくのが分かる。

「んふふっ、先生ったらイッちゃった。でも、まだですよ。罰は、これからが本番です」

少女は指を引き抜くと、珠理の淫蜜に濡れたそれを舐めながら、嗜虐的に微笑んだ。もっと苛めてもらえる悦びに、胸も淫裂も打ち震える。

あの雨の日に泣いていた少女が、こんなに淫らになるなんて。そして、そんな彼女に、身も心も虜になってしまうなんて。

(でも……幸せ……)

文乃が珠理の肩を抱き寄せる。胸に手を置き、ゆっくりと撫で始める。彼女の舌が誘うように伸びる。その濡れ色だけで我慢できなかった珠理は、自ら性器を掻き乱し、瞬く間に二度目の絶頂に達してしまった。

「あ、あ、あ……あぁぁうん！」

「あん、もう。勝手にイッたらダメダメじゃない。これは凄いお仕置きが必要ですね」

「はぁ、いいわ……。いっぱい、いっぱい苛めてちょうだいね」

少女の予告に胸が躍る。珠理は歓喜の涙を流しながら、捧げるように唇を差し出した。

あらおし悠執筆 おすすめ作品

二次元ドリーム文庫 371弾

百合ラブスレイブ
わたしだけの委員長

委員長の怜那が百合に興味を持っていると知った真桜。秘密を守る代わりに、興味本位で百合Hを体験してみるとその快感は衝撃的！　以降も嫌がる素振りを見せる怜那に関係を迫り身体を重ねると、遊びだったはずなのに、真桜の方が気持ちよさを忘れられなくて！

小説●あらおし悠　挿絵●鈴音れな

あらおし悠執筆 おすすめ作品

二次元ドリーム文庫 379弾

百合風の香る島

由佳先生と巫女少女

新任教師の由佳が訪れた女子だけの学園がある南方の離島、そこは女性同士が開放的に愛し合うという驚きの環境だった。由佳も生徒である美沙希に可愛がられ心を乱されていくも、彼女の心の深くを知っていくにつれ、支えてあげたい想いが膨らんでくる……。

小説●あらおし悠　挿絵●神崎詩音

あらおし悠執筆 おすすめ作品

二次元ドリーム文庫 389弾

百合エルフと呪われた姫

故郷を飛び出し人間の町へやってきたハーフエルフの少女レムは、呪いにかけられた王女アルフェレスと出会う。お互いの境遇や弱さを知り惹かれ合った二人は、呪いを解く旅へ出ることに！　険しくも淫らな冒険の中で、少女たちは呪いの真実と自らの秘密を知ってゆく……。

小説●あらおし悠　挿絵●うなっち

あらおし悠執筆 おすすめ作品

二次元ドリーム文庫 401弾

百合ラブスレイブ凛

好きへの間合い

柑奈が所属する剣道部は人数不足から廃部の危機に。好成績を収めれば回避できると、柑奈は経験者ながら剣道を嫌う美紅に接触する。しかし彼女が入部の条件としたのは柑奈のカラダ！　恥ずかしいだけだったのに、美紅のことを知るにつれ会える時が待ち遠しくなっていく。

小説●あらおし悠　挿絵●鈴音れな

百合保健室
失恋少女の癒やし方

2020年6月7日　初版発行

【著者】
あらおし悠

【発行人】
岡田英健

【編集】
餘吾築

【装丁】
マイクロハウス

【印刷所】
株式会社廣済堂

【発行】
株式会社キルタイムコミュニケーション
〒104-0041　東京都中央区新富1-3-7ヨドコウビル
編集部　TEL03-3551-6147／FAX03-3551-6146
販売部　TEL03-3555-3431／FAX03-3551-1208

禁無断転載 ISBN978-4-7992-1369-8　C0193